春陽堂ライブラリー

001

匂いと香りの文学誌

真銅正宏
SHINDO Masahiro

SHUNYODO Library

匂いと香りの文学誌

目次

第5章 匂いと嫉妬

第8章 記憶と幻臭

第9章 木と雨と空気の匂い

はじめに

最近、身の回りのありとあらゆるものが、あまり匂わなくなったような気がする。

例えば便所。私の子供の頃は家の便所は汲み取り式であったが、やがて水洗式トイレになり、さらに、早くに洗浄機付き便器を導入したこともあって、トイレ自体がさほど匂わなくなった。このトイレの無臭化ともいうべき現象が、世の中のありとあらゆるものに類比的に起こっているような気がしてならない。

それから、トマトが匂わない。幼い頃強烈な印象を持って嗅いだあの特有の匂いを放つトマトに、最近は出逢ったことがない。私はあの匂いが嫌いではなく、トマトを好んで食べていたが、家中のみんなはあの匂いが好きではなく、私だけが変わり者扱いされていた。

ビールも、今より苦く、今よりよく薫った気がする。焼き鮭も、幼かった頃の美味しいものを二十年来捜し求めているが、未だにあの頃に食べた美味しい焼き鮭に出会ったことがない。

そういえば、最近、手も、洗いすぎるほどよく洗うようになった。家の前の道が舗装されたのは随分昔だが、今ではまず砂埃の匂いがしない。あの頃嗅いだ、毎日違った土の匂いもしない。私の家は葡萄農家だったので、葡萄の匂いは、その季節が来ると、村中に満ちあふれ、鬱陶しいほどだった。今は、スーパーマーケットで葡萄を見ても、あまりあの匂いにときめかない。というか、そもそもその匂いがしない。多くの人が、葡萄は無臭だと思っているのではないか。

どうも、現代という時代が、無臭化に向かって進んだように思えてならないのである。もちろん、無臭になったばかりではないことはわかる。代わりに別の匂いが充満しているのかもしれない。しかし、そのことをあまり意識しないのは事実である。

昔は自家用車に乗るとガソリン臭くてよく酔った。それを軽減するための芳香剤の匂いも品がなかったように思う。それに比べると、今のドライブは快適である。その一方で、街にはファースト・フード店の匂いなど、嘗てなかった匂いが幅を利かせている。しかし、嫌になるほどそれが気になるわけではない。

しかし、匂いが無くなったというのは、寂しいことのような気もする。これは、私がなまじ過去の匂いの状況を知っている最後の世代だからであろうか。私の記憶では、概ね、昭和と平成との間で、あらゆる文化が決定的に変化したように思われる。私は、意識的に、蚊取線香と、それを入れる豚の陶器を捜し求め、必死で過去の匂いを嗅ごうとしているが、やはり蚊取も電子式のものが便利であることはいうまでもない。

二一世紀の現代、我々は、「におわないこと」を重視する文化の中にいるのではないか。臭わない方が、心地よいと多くの人々が感じているのではないか。しかしながら、たとえ世の中の無臭化が進む方が多くの人々にとって幸せだとしても、この匂いの環境の変化については、その意味合いを、ちゃんと考えておくべきではないか。そして、匂いや香りが失われつつあると思われる今しか、その機会はないかもしれないのではないか。

本書の最初の執筆動機は、現実生活におけるこの匂いの喪失の危機感にある。

もう一つは、読書の方法の変化にある。

読書の途中に、気になる表現に出会い、ふと立ち止まることがある。例えば、芥川龍之介の「蜘蛛の糸」(『赤い鳥』大正七年七月)の冒頭近くに、「池の中に咲いてゐる蓮の花は、みんな玉のやうにまつ白で、そのまん中にある金色の蕊からは、何とも云へない好い匂が、絶間なくあたりへ溢れて居ります」という表現が見られるが、この「何とも云へない好い匂」とは、いったいどのようなものなのか。

嗅いでみたい気がするが、我々が知るあの蓮の花と同じ匂いなのであろうか、それとも、極楽特有の特別な匂いなのであろうか。もし特別の匂いならば、極楽に行かない限り嗅ぐことは無理なので、読者が嗅ぐこと、すなわち脳裏に再現することも不可能なのではないか。それならば読書行為としてはこの匂いは無視すべきなのか。そもそも、読書の途中に匂いを再現することは必須の行為なのか。そういえば、匂いに限らず、味も触感も音も、色さえも、我々は読書において再現などしていないのではないか。

この読書の方法に関する問いは次々に生じてくる。

文学テクストには、もちろん、匂いなど付いていない。それは、読者の想像力を介して、いわば錯覚として読者の脳裏に浮かぶだけである。そもそも文学テクストに登場するすべてのものは、実体としては存在しない。しかし、読者という生身の人間が読書することで、自らの体験の記憶の助けを借りて、そこに、現実空間に近い空間が現出する。

二〇世紀が、視覚と聴覚に訴える文化を重視し、またメディアとしても、ラジオや映画、後のテレヴィジョンなどの技術の画期的な進化により、革命的発展を遂げたことは云うまでもない。視覚や聴覚に関わる要素は、放送など、距離をおいても相手に伝えることができる。これは、大量の情報発信、いわゆるマス・メディアとしての機能を可能とすることを意味する。それらは、人類の知的な発展に多大なる貢献をした。それらに比べ、嗅覚や触覚、また味覚などに関わる要素については、その感覚を伝えるためには、接触することが前提となるので、対象との距離は限定される。同じ匂いを嗅ぐことができるのは、同じ空間にいる人だけなのである。

したがって、嗅覚や触覚および味覚については、原始的な個と個との繫がりが残存する感覚であるということができる。あるいは、視覚や聴覚が公的な感覚であるのに対し、嗅覚や触覚や味覚は、私的な感覚であると云えるかもしれない。

ただし、小説を近代的なメディアの一つに数えるならば、この公的なメディアによって伝えられた嗅覚や触覚、および味覚の要素は、読者にとって、それを感じ取るためには、一定の手続きが必要な、実に厄介な存在となる。それらはいったん文字を介して伝えられるために、直接的に、接触的に、個的に感じ取るようなものではなくなっているので、それらを再現するためには、読者に積極的な再現の意志が求められることになる。

要するに、文学作品中の視覚要素は、文字記号でありながら、公的な伝達が容易な要素であるために、公的な小説などのメディアによって比較的円滑に再現されることが予想されるのに対して、嗅覚や触覚などの要素は、元々私的な要素であるがために、公的な文字記号として再現することは、より困難であると推測されるのである。

さらに云うならば、触覚や味覚が直接的な接触を必須とするのに対し、嗅覚については、同じ空間を共有できれば、その匂いや香りを共有することが可能であるために、対象との距離については、中間的な感覚と呼ぶことができる。匂いや香りは、実に曖昧な存在感を持つ要素なのであり、そのために、記号伝達においても、複雑で興味深いあり方を示すのである。

都甲潔の『感性の起源』（中央公論新社、平成一六年一一月）の第4章「「おいしさ」が脳に認知されるまで」によると、嗅覚は、「扁桃体」などの古い脳の部分を使うので、古い感覚と呼ばれているらしい。都甲は、嗅覚と文学との関わりに関して、次のようなことも書いている。

――――

ちなみに、ある匂いを嗅いで、昔のことを思い出すことがある。これはプルースト効果といわれている。マルセル・プルーストの『失われた時を求めて』の冒頭、主人公がお菓子マドレーヌの一きれを紅茶に浸し、それを口に含んだときの味と匂いから突然、過去の映像、視覚的回想が現れるという有名な場面にちなんだ命名である。（略）匂いには昔の記憶を呼び起こす不思議な力がある。私たちは通常、あることを思い出そうとして、必要に迫られて努力し、思い出すことが多い。これは大脳新皮質の役割である。ところが、嗅覚の場合、古い脳を直接刺激するため、それをきっかけにしてどこかに収められている記憶にアクセスされるものと考えられる。私たちの記憶への要・不要とは無関係に有無をいわさず、過去を引きずり出すのである。古い脳は、メモリーバンクとしての大脳新皮質を操っていることがわかる。

果たして私たちの読書は、文学作品に確かに刻まれているこのような記憶を顕現させる嗅覚の作用を、十分に再現することができているであろうか。

この論点は、読書行為をもっと豊かにすることはできないものかという模索の中で生まれたものである。そして、この目的のもと、嗅覚要素に殊更に着目しながら、文学作品を再読してみると、やはりそこには、今までの読書では嗅ぎ切れなかった、実に魅力的な匂いや香りが、漂っていることも事実なのである。

匂いや香りに限らず、我々は、大人になるにつれ、現実世界のあらゆる事象や事物に対して、ますます鈍感になっていくようである。本書は、文学テクストにおける文字による匂いや香りの表現について考察することにより、我々自身が置かれている、現代の嗅覚要素の変遷の事態についても意識化することを狙いとしている。

記号学において最も難解な論点は、記号であるのに、どの段階かにおいて、読者個人の、私的で個的な、人間らしい感覚がどうしても入り込む点にある。原則的に共通性を追求する記号なるものを解読することが、最終的には個人の現実生活からもたらされる感覚等に委ねられているというアポリアである。

匂いや香りが、想像力とどのように関係しているのか。特に読書途中の再現という作業において、読者はどのように匂いや香りを嗅ぎ、または、どのようにそれらを嗅がずに読書を継続させるのか。

とにかく、我々が匂いを嗅ぐという行為にまとわりつく、魅力的で、不思議な体験とは、いったいどのような事象なのか。

本書は、このような世の匂いや香りの魅力への、文学テクストの読書行為の仕組を介した接近の試みである。世に、そして文学テクストの中にもっと漂っているであろう、気づかない香りを前景化すること。この目的に向かって、もう一度、匂いや香りに特徴的な作品群を、徹底的に読み直してみたい。

第1章

人の身体の匂い

白い肌に汚れをためて、自分自身の臭いの中にうずくまりこんで、杳子は遠い無表情な信号の繰返しを訝っている。

（古井由吉「杳子」）

人の匂いを書くこと

いきなり極端に過ぎる例かもしれないが、田中香涯という人物の単独執筆雑誌である『変態性欲』の第四巻第六号（大正一三年六月）には、「体臭の性的意義」という文章が載せられている。

人間にも動物に於けるが如く特有の臭気がある。それには種々あつて、全身の皮膚にある汗腺及び皮脂腺の分泌物に由来する臭気を始めとし、毛髪、呼気、腋窩、足蹠、会陰、男子に於ける包皮恥垢、女子に於ける陰阜、陰門恥垢、膣粘液及び月経血の有する各自特殊の臭気で、健康清潔なる人に於ては、その度は強くないが、他より能く之を感ずることが出来る。

雑誌の性格もあり、記述にやや偏りがあるかもしれないが、田中によると、「体臭は性機関と一定の関係を有」つようである。ただし、通常の表現においては、「体臭」という言葉は、必ずしもこれらすべてを含むものではない。狭義の「体臭」とは、田中のいう、「全身の皮膚にある汗腺及び皮脂腺の分泌物に由来する臭気」のことで、「人の身体の匂い」と云えば、この微かに香る匂いを指すのが一般的であろう。この「人の身体の匂い」は、実に日常的なものであり、身近なものであるはずであるが、小説に描かれることは極めて稀である。我々がそれにあまりに馴れすぎていて、普段は意識もしないためと考えられるが、もう一つの可能性として、人類の匂いを感じる能力自体が退化しつつあるという大前提も勘案しなければなるまい。

これに関して、「性科学全集」の第一篇、富士川游『性欲の科學』（武俠社、昭和六年七月）に、以下のような記述が見える。

我々人類にありては固より嗅覚が左ほど鋭敏でなく、臭気のみによりて性欲の選択をなすことは稀有である。しかしながら、鼻の嗅粘膜と生殖器との間に親密の関係が存することは明かで、生殖器の上にあらはれたる感作が鼻を侵し、又これに反して鼻の上にあらはれたる感作が反射的に生殖器圏を侵すことがある。此の如くにして、身体の臭気が性的牽引を致すことは、動物に於けるが如くに著甚でなく、又その刺戟は視覚に比しては劣るものであるが、特殊の臭気が性欲を誘惑することは明瞭である。

文化の進みたる人類にありて、身体の臭気が性欲的の感作を致すことは軽度であることは前段に説いた通ほりであるが、場合によりては個人の臭気は、それに対して好感又は悪感を起すものである。この点につきては個人的の差異が著しく認められる。

この書は、タイトルからも明らかなとおり、性欲の問題に、生物学的および心理学的方面からアプローチを試みた書であるが、この嗅覚に関する記述については、「性欲」との関連において両義的である。匂いは、人類の性的側面において、既に軽度の影響しか及ぼさなくなりつつあるが、時に明瞭に機能することもある、というのである。

ここに書かれている、個人の臭気に対して「好感又は悪感を起す」という事態は、本来、もっと注目されてよいものと思われる。このような事態は、現実にはより多く生じているのかもしれないが、小説などに描かれることがないために、意識に上らないようになっているかもしれないからである。「文化の進みたる人類」にとって、嗅覚が、いわば記述に値しない感覚になりつつある。

では、なぜ人の匂いについての表現は忌避される傾向にあるのか。

性欲について典型的であったように、おそらくそれは、本能や生理からの離脱度が低いからであろう。人は、匂いで他の人に近づいたり離れたりするのではなく、精神性や文化的装飾によって遠近を測る存在に、いわば成長しつつある。否、そうなければならない。

香水の文化や、無臭への憧れなどの文化的変化も同時に考える必要があろう。

しかしながら、もし文学作品が虚構であり、むしろあえて現実にはないものを志向しているとするならば、現実世界において意識されにくくなりつつある人の匂いそれ自体は、文学においてて、むしろもっと意図的に、戦略的に書かれてもよいようにも思われる。

古井由吉「杳子」——病《やまい》の匂い

古井由吉「杳子」(『文藝』昭和四五年八月)は、精神に「病気」を持つヒロイン杳子と、視点人物である大学生Sの二人が出会い、恋人同士となり、やがて杳子が病院に入ることを決意するまでを描く小説である。内容に深く関わって、人の身体の匂いが比較的に多く書かれている。

——五月になっていた。杳子の肌が香りはじめたのを彼は感じた。物の香りのふくらみ出す夜ばかりではなかった。昼なかでも杏子が陽の光の中から物蔭に入ると、その香りが柔らかな波となってひろがってくる。街なかを歩いている時でさえ、杏子が何かを目に止めて上半身をひねって振り返り、スカートの襞がかすかに揺れると、彼はその香りを喧噪の中から嗅ぎ分けられるような気がした。

これは、杏子と彼との間に何度か肉体関係がもたれてから、しばらく経った頃の描写である。彼女の「病気」は小康状態にあった。そのためにか、ここに描かれる匂いには、あまり具体性がない。とにかく香りがある、という事実だけが前面に押し出されている。

しかし、二人の間に杏子の姉が介在するようになり、杏子の「病気」を治そうとする筋が進行し始めると、匂いは特定の方向性を帯びる。杏子は、姉の態度に対して頑なに抵抗し、彼にも会わないようになり、ずっと家に籠もるようになる。彼のかけた、杏子の様子を尋ねる電話に、姉は次のように答えている。

「部屋に入っていくと、睨みつけるんです。まるで親のかたきが入ってきたみたいに。そのくせ、私に御飯を部屋まで運ばせて、食欲は意外に旺盛なんですよ。どういうんで

――しょう。若い娘のくせに、五日もお風呂に入らないで」

この言葉に、彼は、次のように感じる。

若い娘が、五日も、風呂に入らない、という言葉から、それだけで世にもおぞましい不潔感が漂ってきた。彼は単純な言葉の組合わせの暴力に驚いた。そして言葉に汚された杏子が哀れに思えて、《五日ぐらい風呂に入らなくて、どうだって言うんです》と叫びそうになった。

――――――――――

ここには、言葉が、杏子という存在を一方的に規定し、「汚す」ことに対する憤りが書かれている。言葉の規定の先には、想像力が関わる世界が広がっている。想像力は、おそらく現実の杏子以上に、杏子の汚れや匂いを強調するのである。

そもそも電話でしか応対できないという事態が、杏子と彼にとっては、重大な意味を持つようである。電話とは、声という聴覚要素だけで接することを強制する機器である。この機器を介すると、恋人同士でも、言葉だけしか頼りにならない。このような状況に置かれた彼は、「杏子とはじめて電話で対してみると、自分たちの間では言葉というものが、それだけではいかに物の役に立たないか」ということを、あらためて思い知らされている。

この、現実にはあまり役に立たない、いわば意味作用不足の言葉への不信と、姉が示したような言葉の過剰な意味創出は、いずれも言葉という記号と、彼らの実際の感覚との決定的なずれを示している。

では彼らが会って実感する感覚とはどのようなものであろうか。

そこには、まず、彼らの触感による探り合いがあり、言葉はむしろ邪魔なものとして用いられないのである。

杏子の裸体を目の前にしたとき、その思いがけない豊かさに彼は気押された。いままで杏子を痩せこけた神経病みの少女みたいにあつかってきたことの仕返しを、ここで受けるような気がした。ところが軀の豊かさを顕わすと、杏子はかえって普段よりも痩せ細った少女の顔つきになって、投げやりな物腰で自分の軀を寝床に横たえた。ちらちらと顫える瞼と、彼の首を抱きしめる腕と肩の線が、幼くて痛々しかった。しかし素肌を触れ合う胸は彼の軀の熱を呑みこんで冷たくひろがり、何の表情も伝えてこない。ぎご

――ちなく開いた腰の醜い感触が、いつまでも融けずに残った。

この彼への「仕返し」のような豊かな触感と、それまでの彼の認識のずれこそは、これまでこの小説において、言葉が如何に杏子の一部しか描いてこなかったかを示す。そのために、読者の杏子像もまた、不十分な言葉を根拠に、読者自身が想像力で組み上げたものに過ぎないことをも示すであろう。読者もまたここで、杏子像の一部修正を迫られる。

さらにここでは、Sという視点人物の、自分自身の杏子に対する認識力への不安や不信が示されることによって、読者の作中人物像の形成をも困難にするという戦略まで窺える。杏子は、通常のヒロインとは違い、頁をめくる度に、一貫した像を結んでいくような存在ではない。情報量が増え、知れば知るほどわからなくなる存在なのである。作者が作り上げたかったのは、そのような不可解な人物像であろう。そのことは、性の感覚の場面に典型的に現れる。

――低い声を洩らす時でも、杏子の肌はまだ冷たさを保って、彼の肌からひっそり遠のいて悶えていた。その冷たさを通して、鎖骨のくぼみや、二の腕の内側や、乳房から脇腹へ流れる線や、腰の骨の鈍いふくらみなどの感触が、性の興奮につつまれずに、たえず遠くから長い道をたどって集まってくるように、一点ずつ孤立して伝わってくる。その感触にむかって、彼はやはり性の興奮とほんの僅かずれたところで、一点ずつ肌の感触を澄ませていく。

この二人の、「ほんの僅かずれた」触れ合いは、二人の実にもどかしい関係をなぞっているものと見える。杏子はやはり「特別性」を帯びているように思える。描写の第一段階としては、杏子と彼の関係のわかりにくさを譬喩していることは確かであろう。

しかしながら、果たしてこのような関係性は、彼らに特別なものなのであろうか。ここにおける二人の姿は、第二段階の描写として、一見、特別に見える彼らの関係性こそが、実は普遍的なものである、ということを示しているのではなかろうか。

我々が生きている生の空間を描く際、ごく通常の生活を描いても、その特徴は姿を表しにくい。これに対し、通常の世界の中に、通常からずれた要素を持ち込んだ時、そのずれから、通常と思われている無色幻想とでもいうべき世界の輪郭が明らかになることは往々にしてある。例えば、蛍光灯の色を変えた時、部屋の中の色が変わり、初めてそれまでの蛍光灯にも色があったことに気づくように、である。この小説は、徹底して、このような手法によって貫かれているようである。杏子という、「病気」の存在を置くことによって、「正常」という感覚に安住している、杏子とは違う側の世界を逆照射すること、それが、この小説における、「病気」や「ずれ」なのであろう。

これは匂いについても同様である。何かが匂った時に初めて、我々は、そこに無臭という世界があったことに気づく。言葉によって書き表されない限り、そこには無臭の世界しかない。

先に見た引用文における、姉との電話の後、再び杏子に電話をかけた彼は、受話器を手に呼び出し音を聞きながら次のような想像をする。

——

白い肌に汚れをためて、自分自身の臭いの中にうずくまりこんで、杏子は遠い無表情な信号の繰返しを訝っている。

この汚れと臭いの描写は、杏子の視覚的な像を圧倒して、嗅覚によって杏子の存在感を彼に意識させているかのようである。無臭の杏子ではなく、匂いを持つ杏子こそが、「徴」を持ち、彼にとって、そして読者にとって、強く存在感を示すものなのである。

この翌日、杏子の家を訪れた彼は、杏子の姉と、病気に関わって、正常と異常との境界について話し合っている。何をもって異常とするのか、という問題提示は、彼らにとって深刻なものであるのと同時に、読者にとっても、鈍った思考を揺り起こすものであろう。我々は普段、何の疑いもなく、我々自身を正常と考え、あるいは正常であるということすら意識しないで生きているが、時に、或る異常を目の前にして、自らが正常である、としてきた枠組を疑うに到ることがある。それは、多くの場合、異常であるという根拠が、うまく説明できないという事実による。とにかく正常の側から見て、異なっている、ということを云いたいのであるが、正常の側というものが絶対的価値としては証明できないために、異常ではないのが正常だ、ということになり、ここで議論は堂堂巡りに陥る。このような異常なる要素は、正常の側に思考の契機を与え、それが如何に曖昧で相対的な概念であるのかを明らかにするのである。

では、結局何が、正常と異常とを分ける指標となるのか。この難問について、杏子の姉はそれを自ら体現する存在として造型されている。

「彼女が病気だと、ほんとうに言えますか」

「あの子は病気です」

「人のこころが病気だとか、健康だとか、そんなにはっきり決められるものでしょうか」

「あの子は病気です」

「何をめやすに、そう決めるんです」

「あの子が病気であることは間違いありません。なぜって、私もむかし病気だったことがあるんです」


ここで、姉が杏子を病気だと判定している基準が、自分とそっくり同じである、つまり類型として括ることができる、ということだけであることが明らかにされる。我々が病気になった時に受ける診断も、大方このようなもので、医者は症状を類型表に照らし合わせて病気を確定していく。このことを念頭におきながら、作品を仔細に読み返してみると、この作品が、杏子という異常とされる存在を通して、むしろ彼の方の正常観のあやふやさ、延いては我々読者の正常への制度化された思考を問い直す物語であったことが明らかになる。

繰り返しになるが、これがこの小説の戦略である。読者は、この小説を読み、読者自身の生の不安感を目のあたりにするのである。「あなたは健康な人だから、健康な暮しの凄さが、ほんとうにはわからないのよ」と杳子はいう。ここには、健康者には見えず、病人にしか見えない「健康」なるものが書かれている。

そのために、そっくりでありながら、正常になったはずの姉と、異常の側にいることを自覚する杳子とは、必要以上に反発し合う。典型的な近親憎悪である。

「いいえ、あたしはあの人とは違うわ。あの人は健康なのよ。あの人の一日はそんな繰返しばかりで見事に成り立っているんだわ。廊下の歩きかた、お化粧のしかた、掃除のしかた、御飯の食べかた……、毎日毎日、死ぬまで一生……、羞かしげもなく、しかつめらしく守って……。それが健康というものなのよ。それが厭で、あたしはここに閉じこもっているのよ。あなた、わかる。わからないんでしょう。そんな顔して……」

ところが、姉もまた、先に述べたとおり、かつて「病気」だったのであるから、杳子にとっては、姉への非難は、自分の将来の像への不安に、容易に転換し得る。杳子は、かつての姉について、次のように語っている。

「お風呂のほうは、どうしても入ろうとしなかったわ。それだもんで、五日もすると夏のことだから部屋の中に臭いがこもりはじめて、お盆を両手で支えて入っていくと、胸が悪くなりそう。すこしでも早く出て行こう。そう思ってお盆をテーブルのいちばん近い隅に置いて、鼻に手をあててドアのところまで後ずさりしてきて、……それからいざ外へ出ようとすると、いつでも、この人こんな臭いの中でどうしていられるのかしらって、つい見てしまうの。そうすると、おかしなものよ。そんな臭いでもすこし鼻に馴染んできて、あの人の軀がとても満足そうに見えてくるの。自分の病気にうずくまりこんで、自分の臭いの中に浸りこんで……。ああいうのが、淫らっていうのよ。醜悪よ、けだものよ……」

念を押すと、この臭いを伴う姿は、かつての姉の姿である。

ただし、少ないながらも、杳子はできるだけ自分と姉との相違点を見出そうとしている。

「あの人、あの時はまだ、からだの事を知らなかったのよ」という決め台詞のような言葉を彼に告げるのもその一例であろう。

これは杏子の姉への視線であるが、ここまでくると、健康と病気とは、その立場を容易に反転させてしまう。健康になるとは、現在の姉のようになるということである。杏子には厭なことである。しかし、かつての病気であった姉についても、杏子はまた嫌悪している。この二律背反の中に、杏子は身動きがとれずにいる。作品の結末は、杏子がやはり病院へ行くことを示唆して終わるが、それが解決にも救いにもなっていないのである。

杏子は結末部で、表の景色を見ながら、次のようにいう。ここにこの作品の解決不能性のすべてが凝縮されているといってもよかろう。

地に立つ物がすべて半面を赤く炙られて、濃い影を同じ方向にねっとりと流して、自然らしさと怪奇さの境目に立って静まり返っていた。
「ああ、美しい。今があたしの頂点みたい」

病気と正常の世界を逆さまに捉える杏子の視線こそ、この作品をとおして、作者が間接的に読者に伝えようとした、思考転換の仕掛けを象徴する。この世界を、「杏子」は、視覚的な、認識的な世界としてではなく、触感と嗅覚とをもって、実感で表そうとした。風呂に入ることを拒否する杳子は、強烈な匂いの世界に住んでいる。それは、言い換えれば、確かに生きているという生の実感が強く感じ取れる世界である。しかしやがて杳子は、姉のように、病気を治すことに傾く。それはいわば「風呂に入る」ことを意味し、匂いの少ない世界へ帰って行くことをも意味する。普通に戻ることとは、生の実感が薄れた世界に生きることをも意味することになる。もちろん、たとえ病気が治っても、無臭ではありえない。しかしながら姉も杳子も、その病気がひどい状態の時、風呂に入らない存在であったことが示すように、匂いは、杳子にとって、その生の「頂点」を支える大切な要素であったことは間違いないのである。

田山花袋「蒲団」——匂いと性欲と文学

田山花袋の「蒲団」(『新小説』明治四〇年九月)の結末は、小説中に匂いが登場する場面として、とにかく有名である。

時雄は（略）懐かしさ、恋しさの余り、微かに残つた其の人の面影を偲ばうと思つたのである。（略）時雄は机の抽斗を明けて見た。古い油の染みたリボンが其の中に捨てゝあつた。時雄はそれを取つて匂ひを嗅いだ。暫くして立上つて襖を明けて見た。（略）芳子が常に用ひて居た蒲団――萌黄唐草の敷蒲団と、綿の厚く入つた同じ模様の夜着とが重ねられてあつた。時雄はそれを引出した。女のなつかしい油の匂と汗のにほひとが言ひも知らず時雄の胸をときめかした。夜着の襟の天鵞絨の際立つて汚れて居るのに顔を押附けて、心のゆくばかりなつかしい女の匂ひを嗅いだ。

性欲と悲哀と絶望とが忽ち時雄の胸を襲つた。時雄は其の蒲団を敷き、夜着をかけ、冷めたい汚れた天鵞絨の襟に顔を埋めて泣いた。

薄暗い一室、戸外には風が吹き暴れて居た。

考えてみれば、この小説のヒロインには「芳子」という匂いに関わる名が与えられていた。作者はこの小説において、匂いを描くことに意識的であったことは明らかであろう。そのことは、前作の「少女病」（『太陽』明治四〇年五月）にも予告されていた。「少女病」の主人公は杉田古城という三七歳の文学者であるが、彼は雑誌社に出勤する行き帰りの電車で、若い美しい「少女」を眺めることを楽しみにしている。そういう「少女」を道で見つけた場合、追い越す時などに、「衣ずれの音、白粉の香に胸を躍し」ているが、電車の中では、さらに妄想はエスカレートする。

込合つた電車の中の美しい娘、これほどかれに趣味深くうれしく感ぜられるものはないので、今迄にも既に幾度となく其の嬉しさを経験した。柔かい着物が触る。得られぬ香水のかほりがする。温かい肉の触感が言ふに言はれぬ思ひをそゝる。ことに、女の髪の匂ひと謂ふものは、一種の烈しい望を男に起させるもので、それが何とも名状せられぬ愉快をかれに与へるのであつた。

ちなみに、「蒲団」の主人公である竹中時雄も、古城という号を持つ文学者であった。このことからも窺えるとおり、「少女病」においてかなり戯画的に描かれ、最後には電車に轢かれてしまう杉田古城は、「蒲団」の竹中時雄を油絵に喩えるならば、その素描のような存在である。それを何より指し示すのが、二人の妄想が、匂いによって触発されている点であろう。

前掲の富士川游『性欲の科學』の第五章「性欲生理学」には、「臭気」という節があり、嗅覚について、以下のような記述が見える。

人類にありては嗅覚は触覚と同じくその報知の不定なるを特徴とし、しかも聯合的に高度の情緒をあらはすものである。実際、嗅覚ほど暗示力の強く、又古き記憶に深甚の情緒を添へるものはない。又若しそれが普汎的の精神状態と調和せざるとき、この情緒的色彩が速かに消失することも他の感覚に例がない。それ故に、嗅覚は想像の感覚であるとまで言はれて居る。

ここに指摘される、「想像の感覚」としての性格が、嗅覚を文学に近づける。時雄は、匂いを通じて芳子を思い出し、おそらくその姿を再びじっくりと想像している。しかもそれは、彼自身の性欲とも結びつけられた想像である。このようなことは、本来、頭の中から取り出されて言葉にされることは少ない。なぜなら、自己の極めて本能的な部分の告白で、言葉にするにも羞恥の感覚が伴うからである。しかしながら、この小説においては、分別あるはずの中年の男によって堂々と為されている。この本来あるべき像と、時雄の行動との落差が、滑稽さをも生む。ただし、読者は笑ってばかりいるだけで済まないかもしれない。この匂いの表現は、多少は自らの同じような体験をたぐり寄せるかもしれないからである。そうなった場合、この小説の滑稽さは、苦笑とも変化し得るであろう。その効果について、作者は故意犯的であったものと推測されるのである。

ところで、この「蒲団」の結末と好対照の場面が、村上春樹の「羊をめぐる冒険」(『群像』昭和五七年八月)に見られる。妻と離婚することになり、彼女が家を出て行った後の場面である。

僕は寝室の彼女の引出しを順番に開けてみたが、どれもからっぽだった。虫の喰った古いマフラーが一枚とハンガーが三本、防虫剤の包み、残っているのはそれだけだった。彼女はきれいさっぱり何もかもを持っていってしまったのだ。洗面所に所狭しとちらばっていた細々とした化粧品、カーラー、歯ブラシ、ヘヤー・ドライヤー、わけのわからない薬、生理用品、ブーツからサンダル、スリッパに至る全てのはきもの、帽子の箱、引き出しひとつぶんのアクセサリー、ハンドバッグ、ショルダー・バッグ、スーツケース、パース、いつもきちんと整理されていた下着や靴下、手紙、彼女の匂いのするもの

――は何ひとつ残されてはいなかった。指紋さえ拭き取っていったんじゃないかという気がした。

まるで、竹中時雄のパロディのような行動をしながら、あらゆる物の不在により、彼女の匂いを嗅ぐことが不可能となっているのである。

誤解のないように付け加えておくと、村上春樹は、匂いを書くことが元々少ない作家では決してない。村上春樹の作品における具体的な表現については、後にあらためて詳しく見ることにするが、「彼女の匂いのするもの」という表現が譬喩表現ではないかという疑問について答えるために、ここでは村上春樹が丁寧に匂いを書き込むことが特徴的な作家であることだけは、予め指摘しておきたい。

そもそも、譬喩であることと、現実に匂いがすることとは、読者にとってはそれほど差がないのかもしれない。匂いの表現とは、嗅覚によって感じ取られたものとは別に、文字になった瞬間から、既に譬喩としての性格を強く併せ持つものなのではなかろうか。

匂いの譬喩性

人の身体の匂いは、先にも述べたとおり、普段はあまり意識されることがない。それが登場してくるのは、多くの場合、或る特殊な事態が起こる時である。男女の場合は、殊更に二人の距離が近くなった際であろうし、叙景の場合は、何か事件が起こった際であろう。したがって、小説に描き込まれた匂いは、そこに何らかの特筆すべき出来事が起こっていることを、間接的に示している可能性が高いとも考えることができる。

いくつかの小説に、その例を見ていきたい。

大岡昇平「武蔵野夫人」

大岡昇平に、「武蔵野夫人」(『群像』昭和二五年一月～九月)という、男女の不倫の心理を描いた小説がある。フランスの心理小説などを思わせるようなこの小説において、ヒロインの道子は、終始禁欲的に描かれているが、或る時、弟のように可愛がっていた復員者の勉と、散策のためにでかけた狭山で、初めて口づけを交わす。この実に危険な予感を孕んだ場面は、以下のように匂いと共に書かれている。

勉は道子の肩を抱いた。二人の唇は予めさうきめられてゐたもののやうに、自然に合はさつた。

勉は道子の口に何か昔からよく知つてゐるものを味はつた。それは何処か遠い過去で彼が経験したことのある味はひであつた。例へば幼い頃若い母の胸に嗅いだ匂ひに似てゐた。

道子は男を嗅いだ。勉が復員して以来、彼女が彼に感じてゐた何か暗いものの匂ひであつた。彼女は驚いて眼を開け、身を引いた。

この二人の微妙な関係は、お互いが感じる相手の匂いの印象の差によって、実に見事に書き分けられている。

ここにも明らかなように、匂いは、実体であると同時に、おそらく、嗅ぎ取る側の心理状態を反映する。勉にとって道子は、母の胸のように安心感のある匂いのする存在である。一方、道子にとって勉は、「暗い」匂いがする存在である。匂い自体に、先験的に「安心感のある」ような、または「暗い」ような性格が込められていることはまずあるまい。要するに、ここには譬喩としての匂いが、あたかも実体のように描かれているわけである。

田村俊子「憂鬱な匂ひ」

田村俊子の「憂鬱な匂ひ」（『中央公論』大正二年一〇月）という作品もまた、タイトルからもわかるように、匂いを譬喩的に用いた作品である。

この小説は、そもそも満子という女主人公の、男と別れた後の物憂い虚脱感やけだるさを描く作品であり、出来事というより、感覚や感情が主役である。作品の後半において、道子は街で偶然、品子という女と逢う。といって、この品子との間に、何か事件が生じるのではない。品子は至って迷惑であろうが、この小説における彼女の役割は、ただ、満子が、品子を契機に、憂鬱な感情を昂進させるためだけに配置されているようなのである。

品子は、「削つても削つても生地の白さが層をかさねてるやうに皮膚が厚ぼつたくて柔らかに白い」「この女の皮膚はどこも奇麗であつた。さうしていつもべた〳〵してゐるやうな感触の味がその肌にあつた。満子はこの女の咽喉首あたりの肌を見てゐて、ふとその同性の肉に動かされたことがあつたので自分ながらびつくりした事があつた」と書かれるような肌を持つ女である。もし品子に悪い点があるとするならば、この肌の性質にある。満子はこの肌に過剰に反応する。おそらく、羨みと嫌悪の交錯する感情であろう。そして満子は、かつてこの品子から、品子自身の良人の浮気に復讐するために、好きでもない他の男に自ら身を任せたという打ち明け話を聞いたことを思い出し、いっそう憂鬱な気分に陥る。結末の文章は以下のとおりである。

満子はまた、だん〳〵に鬱陶しくなつてきた。あの品子の肌が、いつの間にか満子の血を波立たせてゐた。そうして、薄赤くにぢんだたつた一とつのこの明りの下で、満子は何時といふこともなくうつ〳〵と重苦しく放恣な空想に捉はれてゐた。濃紫のこまかい花のあの憂鬱な匂ひを、満子は頻りとしみ〴〵嗅ぎたいといふことを思ひながら、その儘卓子の上に昏睡して行つた。

ちなみにこの「濃紫のこまかい花のあの憂鬱な匂ひ」とは、ヘリオトロープの匂いである。この小説においては、匂いが満子の気分を象徴し、また満子の気分を誘導もする。

このように、匂いとは、記憶を喚起するものである以上に、嗅ぐ者に連想を強いるものである。連想は、よく似た感情を持つ対象を並べることにより、二つを置き替えることを可能とする。うまく言葉にならないような、もどかしい感情や鬱陶しい心理について、それ自体に見合う言葉を探すのではなく、例えばヘリオトロープの匂いという、その場にはまったく関係のないものを、ただ同じ感情を抱くという共通性を根拠に持ち出し、譬喩として形を与える作用を持つというわけである。ヘリオトロープの匂いが決して憂鬱なだけではなかろう。満子にとっては、求めつつも厭うその匂いが、ちょうど、品子の肌から受ける好悪の交錯する印象とうまく見合っているのである。あるいは、ヘリオトロープの匂いを持ち出すことにより、初めて、品子の肌の印象に、言葉による形容が与えられたのかもしれない。

村上春樹「羊をめぐる冒険」

小説を書くとは、このように、なかなかうまく言葉にならないものを、別の言葉でうまく表現しようとする試みであると云ってよいかも知れない。すべての小説がそうでないにしても、小説を読む際に、時々、このような「うまく言葉にできた」表現に出会い、読書の快感を覚えることはままあろう。これについては、先にも見た、村上春樹の「羊をめぐる冒険」などの用法に顕著であると思われる。例えば作品の冒頭近くで、「僕」は、学生時代を次のように想起している。

世界中が動きつづけ、僕だけが同じ場所に留まっているような気がした。一九七〇年の秋には、目に映る何もかもが物哀しく、そして何もかもが急速に色褪せていくようだった。太陽の光や草の匂い、そして小さな雨音さえもが僕を苛立たせた。

何度も夜行列車の夢を見た。いつも同じ夢だった。煙草の煙と便所の匂いと人いきれでムッとした夜行列車だ。足の踏み場もないほど混みあっていて、シートには古い反吐がこびりついている。僕は我慢しきれずに席を立ち、どこかの駅に下りる。それは人家の灯りひとつ見えぬ荒涼とした土地だった。駅員の姿さえない。時計も時刻表も、何もない――そんな夢だった。

ここで「僕」が回想する光と匂いと音とは、作品の結末近くにおいて、「鼠」によっても繰り返されている。「鼠」は、「俺は俺の弱さが好きなんだよ。苦しさやつらさも好きだ。夏

の光や風の匂いや蝉の声や、そんなものが好きなんだ。どうしようもなく好きなんだ。君と飲むビールや……」と「僕」に話している。そして「鼠」は、「我々はどうやら同じ材料から全くべつのものを作りあげてしまったようだね」と言うのである。そうして「鼠」は去っていく。この際の「風の匂い」が指すものは難解である。しかし、少なくとも「僕」と「鼠」とが持った共通感覚とでも云うべきものの存在だけは読者に伝わるであろう。そして、それが理解不可能なものであっても、表現は立派にそこに成立し、読者は、もどかしさの不満より、そのような不可解な世界を描いたことについて、むしろ形を変えた理解の達成という満足感をも得るわけである。

もう一つ例を挙げよう。「僕」が出会った、耳を隠している新しい彼女が耳を見せた時、「僕」には、「波の音が聞こえ、懐しい夕暮の匂いが感じられた」と書かれ、さらに次のようにも書かれる。

彼女は時折耳を見せたが、その殆んどはセックスに関する場合だった。耳を出した彼女とのセックスには何かしら奇妙な趣きがあった。雨が降っているときちんと雨の匂いがした。鳥がさえずっているときちんと鳥のさえずりが聞こえた。うまく言えないけれ

ど、要するにそういうことだ。

ここには、典型的な、譬喩という表現方法の本質についての「僕」による説明がある。「うまく言えないけれど、要するにそういうことだ」という書き方である。

もちろん、村上春樹の作品には、譬喩のみならず、多くの具体的な匂いも書き込まれている。酔っ払った「僕」の「口の中は煙草のタールの匂いでいっぱい」であり、「僕」の共同経営者は「オーデコロンとローションの匂い」を揃えているし、他にも、「土の匂い」「ガソリンの匂い」「雨の匂い」「レモンの香り」「草の匂い」などの言葉がちりばめられている。

これらは、一読すると、ただの風景描写の一要素に見えるが、先の譬喩的用法と共に殊更に前景化してこれらを読むならば、これらも何か「うまく言えない」感情や世の中の真理を示そうとする象徴的な表現とも見えてくる。

そして、ついに「四十年前に羊博士が建て、そして鼠の父親が買いとった建物」に到着した時、「僕」は次のような長時間かかって溜め込まれた総合的な匂いを嗅いでいる。

広い部屋だった。広く、静かで、古い納屋のような匂いがした。子供の頃かいだことのある匂いだった。古い家具や見すてられた敷物のかもしだす古い時間の匂い。（略）二階にはベッド・ルームが三つあった。（略）死んでしまった時間の匂いがした。奥の方の小部屋にだけ、人間の匂いが残っていた。（略）セーターとシャツは古いもので、どこかしら擦り切れたりほころびたりしていたが、ものは良かった。そのうちの何着かには見覚えがあった。鼠のものだった。

ここに書かれた、「古い時間の匂い」こそが、この小説が目指した表現と内容の融合ではなかったろうか。つまり、本来ならば匂いとは、現場性の高い存在で、或る時或る場所に拘束されるものであろうが、このやや非現実的な家の部屋には、時間を超えた匂いが漂っている。村上春樹が小説という形で描こうとしたものの一つが、このような、時間に拘束されない世界であり、これを象徴するために、匂いの性質が効果的に用いられたものと考えられるのである。

「僕」が羊博士の部屋を訪れた際の描写もまた、以下のようなものであった。

——部屋中に体臭が漂っていた。いや、それは体臭とさえ言えなかった。それはあるポイントを越えてからは体臭であることを放棄して時間と調和し、光と調和していた。

この、「時間」や「光」と調和する「体臭」こそが、この物語の主人公であり、結末部の「鼠」が表象するものであり、この物語において、「羊」という言葉によって追い求められる何かが表象するものと考えられるのである。

この小説における匂いは、言語によって構築される物語のシステム自体を象徴する譬喩であったと考えられるわけである。

column 1

汗の匂い

三島由紀夫の「仮面の告白」（『仮面の告白』河出書房、昭和二四年七月、「第五回書き下ろし長篇小説」）の第一章には、「私」の幼年時の断片的な記憶がいくつか書かれている。一つは、坂の上から下りてきた汚穢屋の若者の姿である。「私」は若者を見て、「私が彼になりたい」「私が彼でありたい」と思う。また、夏祭の一団が家の門からなだれ込んだ際の、御輿の担ぎ手たちの陶酔の表情にも、「私」は驚き、切なさを感じている。

そしてもう一つある。

——さらに一つの記憶。

汗の匂ひである。汗の匂ひが私を駆り立て、私の憧れをそそり、私を支配した。……（略）練兵からかへるさの軍隊が、私の門前をとほるのだつた。（略）

兵士たちの汗の匂ひ、あの潮風のやうな・

黄金に炒られた海岸の空気のやうな匂ひ、あの匂ひが私の鼻孔を搏ち、私を酔はせた。私の最初の匂ひの記憶はこれかもしれない。その匂ひは、もちろん直ちに性的な快感に結びつくことはなしに、兵士らの運命・彼らの職業の悲劇性・彼らの死・彼らの見るべき遠い国々、さういふものへの官能的な欲求をそれが私のうちに徐々に、そして根強く目ざめさせた。

　この匂いの記憶が、この作品全編を予告していることはいうまでもない。

　もう少し複雑な汗の匂いについて書かれているのが、多和田葉子の「犬婿入り」（『群像』平成四年二月）である。北村みつこという塾の女教師を中心に、犬族を思わせる男たちが描かれる作品であるが、みつこの家に押しかけて住むようになった太郎という「男」は、みつこの汗の匂いを好んでいる。

太郎がいきなり目の前に現れて、坐っているみつこの膝に顔を埋め、ニオイを嗅いでいるのか、鼻息の音だけが聞こえ、（略）そんな太郎の唯一の趣味は、みつこのからだのニオイを嗅ぐことだけになってきて、嗅ぎ始めるとそれが一時間以上も続くことがあり、初めは退屈したみつこも、そのうち、自分がいつもうっすら汗をかいていて、その汗が決して無臭ではなく、かすかに海草、貝、柑橘類、牛乳、鉄などと似た香りを含んでいることに気がつき、（略）驚いている時のニオイがすると、ああ、自分は、今、驚いているんだなあ、などと自分のニオイを嗅ぎながら考えるようになった。

みつこはやがて、他人のニオイについても敏感になってくる。或る日、塾に子供たちの母親が子供を連れて七、八人、やってくると、その「上品そうな母親たち」の「汗、香水、糠味噌、洗剤、血液、歯磨き粉、殺虫剤、コーヒー、魚、風邪薬、絆創膏、ナイロンなどのニオイ」にうろたえる。

自分の汗のニオイが嗅ぎ分けられなくなったためである。どうやらこの場面からは、既にみつこも、犬族の仲間入りを果たしていたことがわかる。

汗の匂いは、人の感情を乱し、時に人の人生をも変えてしまう。最も身近に存する悪魔の秘薬なのである。

第2章

香水と花の文化

代助は、百合の花を眺めながら、部屋を掩ふ強い香の中に、残りなく自己を放擲した。彼は此嗅覚の刺激のうちに、三千代の過去を分明に認めた。其過去には離すべからざる、わが昔の影が烟の如く這ひ纏はつてゐた。

（夏目漱石「それから」）

夏目漱石「それから」――香りを意識する男

明治四二年六月二七日から同年一〇月一四日まで『東京朝日新聞』に連載された夏目漱石の「それから」は、或る大きな変化をその作品の中心に据えている。冒頭部は、「誰かが慌たゞしく門前を馳けて行く足音がした時」という文章で始まり、最終場面においては、代助自身が、「「門野さん。僕は一寸職業を探して来る」と云ふや否や、鳥打帽を被つて、傘も指さずに日盛りの表へ飛び出した」のである。この呼応は重要である。意図的、戦略的な変化の様相がこの文章に書き込まれている。すなわちこの小説は、代助の変化、変身の物語という枠組を与えられていると読める。代助の「代」は、あるいは代わることを象徴するのかもしれない。またその変化は、もちろん代助が三千代との恋愛を選んだことによって生じているので、代助の名は三千「代」を「助」けることを暗示するかもしれない。

代助は次男であるが、三〇歳にもなって、仕事も持たずただぶらぶらしている、いわゆる高等遊民である。物語にはこのことが殊更に強調されている。父と兄との経済的な庇護の下、代助はとてもおしゃれな男であり、よく眠る男であり、香に贅を尽くす男であり、さらに、鏡ばかりを見ている男として紹介される。

例えば冒頭近くには、次のような描写が見られる。

夫から烟草を一本吹かしながら、五寸許り布団を摺り出して、畳の上の椿を取つて、引つ繰り返して、鼻の先へ持つて来た。口と口髭と鼻の大部分が全く隠れた。烟りは椿の弁と蕊に絡まつて漂ふ程濃く出た。それを白い敷布の上に置くと、立ち上がつて風呂場へ行つた。

何とも気障な振る舞いである。このような行動を補強するかのように、代助の属性は、ダンディズムの実現とナルシシズムの顕示であることが、やや誇張気味に語られ続ける。以下の通りである。

其所で叮嚀に歯を磨いた。彼は歯並の好いのを常に嬉しく思つてゐる。肌を脱いで綺麗に胸と背を摩擦した。彼の皮膚には濃かな一種の光沢がある。香油を塗り込んだあとを、よく拭き取つた様に、肩を揺かしたり、腕を上げたりする度に、局所の脂肪が薄く漲つて見える。かれは夫にも満足である。次に黒い髪を分けた。油を塗けないでも面白い程自由になる。髭も髪同様に細く且初々しく、口の上を品よく蔽ふてゐる。代助は其ふつくらした頬を、両手で両三度撫でながら、鏡の前にわが顔を映してゐた。丸で女が御白粉を付ける時の手付と一般であつた。実際彼は必要があれば、御白粉さへ付けかねぬ程に、肉体に誇を置く人である。彼の尤も嫌ふのは羅漢の様な骨格と相好で、鏡に向ふたんびに、あんな顔に生れなくつて、まあ可かつたと思ふ位である。其代り人から御洒落と云はれても、何の苦痛も感じ得ない。それ程彼は旧時代の日本を乗り超えてゐる。

読者というものは、主人公には概ね甘い評価を下しがちであるので、代助についてもさほど気にならないかもしれないが、虚心にこの描写を読み返してみると、このような男は、誰しもとても鼻持ちならないのではなかろうか。少なくともこの場面において、作者の造型の意図として、実に嫌味な男として描かれていることに間違いはあるまい。

ところが、先に見たとおり、結末部の代助は、「鳥打帽」に「傘も指さ」ないという出立ちに変わる。おそらくこの外面の変化に伴い、代助の内面もまた、大きく変化したであろう。このような極端なナルシシズムとその喪失によるみじめな姿を、実に執拗に書き込んだのが、この小説の特徴の第一であろう。

こうしてこの小説をやや斜めに読んでくると、代助が、人妻との道ならぬ恋愛に悩む、近代小説にお馴染みの、読者が同情すべき主人公であるという点についても、疑問が生じてくる。代助とは、元々、それほど同情されるべき存在ではないのではないか。むしろ、嫉妬と羨望を受けるような造型が強調されすぎているので、下手をすると、同情どころか、ざまを見ろとばかりに、カタルシスを読者に与える存在なのではなかろうか。

このことを明らかにするためには、代助の実におしゃれな性格が、明治末期という時代において、どのように捉えられていたのかをより丁寧に考察する必要があろう。もちろんこれは、代助自身が語るような、文明批評の主体として、職業や金儲けから自由でなければならない、というような主義主張からもたらされた高等遊民性の指示としてのおしゃれを言うのではない。ここでは、匂いという要素に特に注目することにより、代助の特異な人物像と、その性格の物語の筋における必然性とを再検討してみたい。

三千代が依頼した借金の都合を、代助は兄に断られ、少な目に姉から借りたものを三千代に渡してから、中二日置いて、平岡が代助のところにやってくる。この場面に、少し不思議な情景描写が挿入されている。

代助の買つた大きな鉢植の君子蘭はとう〳〵縁側で散つて仕舞つた。其代り脇差程も幅のある緑の葉が、茎を押し分けて長く延びて来た。古い葉は黒ずんだ儘、日に光つてゐる。其一枚が何かの拍子に半分から折れて、茎を去る五寸許の所で、急に鋭く下つたのが、代助には見苦しく見えた。代助は鋏を持つて縁に出た。さうして其葉を折れ込んだ手前から、剪つて棄てた。時に厚い切り口が、急に煮染む様に見えて、しばらく眺めてゐるうちに、ぽたりと縁に音がした。切口に集つたのは緑色の濃い重い汁であつた。代助は其香を嗅がうと思つて、乱れる葉の中に鼻を突つ込んだ。縁側の滴は其儘にして置いた。

その匂いを嗅ごうとした時に、平岡が急にやってきたのである。この時、「只不思議な緑色の液体に支配されて、比較的世間に関係のない情調の下に動いてゐた」代助を邪魔した平岡の名は、「何だか逢ひたくない様な気持」を代助にもたらす。ここには、三千代をめぐる平岡との関係、および、周囲との関係が、譬喩されているようにも見える。ある腐敗した葉を、「見苦しく」見えたが故に切り落とした代助であったが、切り口からは汁が落ちた。その滴りはそのままに、代助は、汁の匂いを嗅ごうとして、「乱れる葉の中に鼻を突つ込」むのである。このような行為こそ、代助という人間の行動類型を象徴しているのではなかろうか。本来ならば、縁に落ちた滴りを拭くことが順当であろうが、それより匂いの方が大切である。つまり代助とは、行動の規範よりも、あくまで自らの気分や趣味を優先させる人間なのである。三千代の借金に応えようとしたことも、三千代のためというより、あくまで自己満足のためなのである。

この他にも、代助の気分が描写される際に、植物が道具として用いられることは多い。「一〇」の章には、以下のような記述が見える。

蟻の座敷へ上がる時候になつた。代助は大きな鉢へ水を張つて、其中に真白な鈴蘭を茎ごと漬けた。簇がる細かい花が、濃い模様の縁を隠した。鉢を動かすと、花が零れる。代助はそれを大きな字引の上に載せた。さうして、其傍に枕を置いて仰向けに倒れた。黒い頭が丁度鉢の陰になつて、花から出る香が、好い具合に鼻に通つた。代助は其香を嗅ぎながら仮寝をした。

代助は時々尋常な外界から法外に痛烈な刺激を受ける。それが劇しくなると、晴天から来る日光の反射にさへ堪へ難くなることがあつた。さう云ふ時には、成る可く世間との交渉を稀薄にして、朝でも午でも構はず寝る工夫をした。其手段には、極めて淡い、甘味の軽い、花の香をよく用ひた。瞼を閉ぢて、瞳に落ちる光線を謝絶して、静かに鼻の穴丈で呼吸してゐるうちに、枕元の花が、次第に夢の方へ、躁ぐ意識を吹いて行く。是が成功すると、代助の神経が生れ代つた様に落ち付いて、世間との連絡が、前よりは比較的楽に取れる。

あるいは代助の「代」は、この香りによって「生れ代」る存在を指すのかもしれない。三千代が借金の礼に代助の許を訪れる場面においても、花の香りは大きな役割を果たしている。三千代は、「大きな白い百合の花を三本許」さげてやってくる。そして、息苦しかったので、代助が置いておいた「鈴蘭の漬けてある」大鉢の水を飲む。その後、百合の花について、以下のように書き継がれていく。

先刻三千代が提げて這入て来た百合の花が、依然として洋卓の上に載つてゐる。甘たるい強い香が二人の間に立ちつゝあつた。代助は此重苦しい刺激を鼻の先に置くに堪へなかつた。けれども無断で、取り除ける程、三千代に対して思ひ切つた振舞が出来なか

つた。（略）
「あなた、何時から此花が御嫌になつたの」と妙な質問をかけた。（略）
「貴方だつて、鼻を着けて嗅いで入らしつたぢやありませんか」と云つた。代助はそんな事があつた様にも思つて、仕方なしに苦笑した。

　この百合には、過去の三千代との思い出が付随している。百合の香りは、代助に、断ち切ったはずの三千代への思いを想起させている。

　それでもまだ、この場面では、一方で百合の香りを嫌う代助がいる。未だに、三千代に、自らのナルシシズムは崩されていない。

　その後、他の女性との婚約を迫る家族から逃げようと、いったん旅に出る決心をする場面でも、代助のダンディズムは健在である。旅行鞄の用意をしながら、「一旦詰め込んだ香水の壜を取り出して、封被を剥いで、栓を抜いて、鼻に当てゝ嗅いで見た」りしている。さらに、この旅行に出かけるのをやめた代助は、次のように眠りの用意をする。

――代助は先刻栓を抜いた香水を取つて、括枕の上に一滴垂らした。夫では何だか物足りなかつた。壜を持つた儘、立つて室の四隅へ行つて、そこに一二滴づゝ振りかけた。斯様に打ち興じた後、白地の浴衣に着換へて、新らしい小掻巻の下に安かな手足を横たへた。さうして、薔薇の香のする眠に就いた。

そして翌朝早く訪れた兄から、「此室は大変好い香がする様だが、御前の頭かい」と尋ねられている。その返事を聞き、兄は、「はゝあ、大分洒落た事をやるな」と評している。ここには、未だ代助が高等遊民の位置を保っていることが確認されている。

高等遊民に代表されるような主人公とその行動を描く小説の関係、すなわち、金と文学の問題については、作中に次のような示唆的な言葉も見える。

代助は露西亜文学に出て来る不安を、天候の具合と、政治の圧迫で解釈してゐた。仏蘭西文学に出てくる不安を、有夫姦が多いためと見てゐた。ダヌンチオによつて代表される以太利文学の不安を、無制限の堕落から出る自己欠損の感と判断してゐた。だから日本の文学者が、好んで不安と云ふ側からのみ社会を描き出すのを、舶来の唐物の様に見做した。（略）

代助は門野の賞めた「煤烟」を読んでゐる。（略）ダヌンチオの主人公は、みんな金に不自由のない男だから、贅沢の結果あゝ云ふ悪戯をしても無理とは思へないが、「煤烟」の主人公に至つては、そんな余地のない程に貧しい人である。それを彼所迄押して行くには、全く情愛の力でなくつちや出来る筈のものでない。所が、要吉といふ人物にも、朋子といふ女にも、誠の愛で、已むなく社会の外に押し流されて行く様子が見えない。

そうして、この部分が描かれた前半の章においては、「煤烟」の要吉と自分との間に大きな懸隔を見て取るのである。しかしながら、後に代助は、要吉のような立場に堕ちるのである。その分かれ目はどのあたりであるのか。

いよいよ縁談を断れないような段階に至り、苦しさから三千代を訪ねた際も、危険をぎりぎりのところで回避している。

が、其所に、甲の位地から、知らぬ間に乙の位置に滑り込む危険が潜んでゐた。代助は辛うじて、今一歩と云ふ際どい所で、踏み留まつた。帰る時、三千代は玄関迄送つて

――来て、「淋しくつて不可ないから、又来て頂戴」と云つた。

しかし、ここで終わらなかった。三千代との関係のために、ついに縁談を断る決心をした代助は、三千代を自分の家に手紙で呼び出すことにする。

――花屋へ這入つて、大きな白百合の花を沢山買つて、夫を提げて、宅へ帰つた。花は濡れた儘、二つの花瓶に分けて挿した。まだ余つてゐるのを、此間の鉢に水を張つて置いて、茎を短かく切つて、すぱ〳〵放り込んだ。それから、机に向つて、三千代へ手紙を書いた。――

この手紙を門野に渡す際、門野はわざわざ「大変好い香ですな」と我々読者に、そこに漂っている百合の香りの実況中継をしている。おそらくここが、代助の最大の転換点である。

――代助は、百合の花を眺めながら、部屋を掩ふ強い香の中に、残りなく自己を放擲した。

彼は此嗅覚の刺激のうちに、三千代の過去を分明に認めた。其過去には離すべからざる、わが昔の影が烟の如く這ひ纏はつてゐた。彼はしばらくして、
「今日始めて自然の昔に帰るんだ」と胸の中で云つた。

そうして代助は、「立つて百合の花の傍へ行つた。唇が弁に着く程近く寄つて、強い香を眼の眩う迄嗅いだ。彼は花から花へ唇を移して、甘い香に咽せて、失心して室の中に倒れたかつた」と思うのである。

あとは贅言は不要であろう。三千代がやってきたとき、作者は、「二人は孤立の儘、白百合の香の中に封じ込められた」と書いている。百合がいかに重要な役割を果たしていたのかはこれだけでも明らかである。

三千代の同意を得、送って出て、腹の中で、「万事終る」と宣告し、家に戻った際に、念押しのように、以下の描写が続けられる。

やがて、座敷から、昼間買つた百合の花を取つて来て、自分の周囲に蒔き散らした。

（略）

寝る時になつて始めて再び座敷へ上がつた。室の中は花の香がまだ全く抜けてゐなかつた。

こうして百合の香りの昔に戻った代助は、「自然」に戻る。洒落者であった、高等遊民としての自らは、ここですべて失われる。あたかも、香水の人工的な匂いは取り払われ、嫌いになったはずの百合の香りだけが、代助を過去へと連れ戻したのである。

三島由紀夫「沈める滝」——手紙に封じ込められた香り

ここで、人工的な香りの粋とも云える香水について触れておきたい。

男女の間で意識に上る香水の役割は、やはり第一義的には、両者の仲を近づけるためのものであろう。しかしそれは、動物界におけるフェロモンのように、直接的で生理的な反応を呼び起こすような性質のものではなく、幾重にも、文化に纏われたものである。男女間における匂いの役割については、ロバート・バートン著、高木貞敬、群馬大学医学部嗅覚研究グループ共訳『ニオイの世界』（紀伊国屋書店、昭和五三年一〇月）の第八章「哺乳動物の社会生活」に、次のような記述が見える。

高等な霊長類は視覚や聴覚が発達したために、嗅覚を失いつつある。その過程はもっとも高等な霊長類であるヒトへと続いていて、ヒトでは視覚がもっとも重要な感覚であることは議論の余地がない。しかしわれわれは今や動物界の全体にわたって、また嗅覚の利用が以前は疑われていた動物においても、嗅覚が信号の伝達のために使われているということを発見した。そこで問いたいのであるが、われわれの鼻では文字どおり気づかずに通り過ぎてきたわれわれ自身のフェロモンは、一体あるのであろうか?（略）もしフェロモンがわれわれに存在するならば、興味をもつのに充分で、見過ごしてしまうわけにはいかない。

このとおり、本能的な性欲に関わる次元でのフェロモンとしてではなく、人間のコミュニケーションの一つの系として、あらためてニオイのシステムに興味が示されている。さらに同書の第九章「人間社会とニオイ」には、ヒトの嗅覚が実は鋭敏であることと、二足歩行が人間の鼻の部位を高くし、地面から遠ざけてしまったために鼻が利かなくなったことが指摘された上で、香水との関わりについて次のように書かれている。

脱臭剤や香水は精密にいうとヒトのフェロモンである可能性のある体臭を取り除き、体臭を修飾するために考え出されたものであるが、（略）脱臭剤や香水の使用は「短気は損気」の一例である。（略）ヒトのフェロモンは重要ではないかもしれないが、だからといってそれらを棄て去ることは非常に残念である。味をつけていないあっさりとした食物は食べることはできるが、ソースをかければもっと美味しく食べられるようになる。そしてこれと同じようなことがヒトの他の基本的な行動にもあてはまるのである。

この書の原著は一九七六年に出されたものである。この時点で既に、体臭はむしろ忌避されるものであり、清潔志向は、その後も加速度的に進んでいる。そのような文化の下では、香水は、第一義的には体臭を消したりごまかしたりするためのものとして扱われる。もちろん、香水の「修飾」という、より積極的な用いられ方もまた重要であることはいうまでもない。

先にも掲げた田中香涯単独執筆雑誌『変態性欲』の第二巻第四号（大正一二年四月）には、

「性欲と嗅覚」という文章があり、香水に就いても触れられている。

元来香料は身体の臭気を模擬し、或は之を増強して異性を牽引せんとする目的に出でたものであるが、然るに文明の進歩と共に、今日に於ては却つて自然の体臭を掩はんがために人工を加へた香料、例へば麝香、海狸香、種々の植物性芳香物質等を用ゆることゝなつたが、しかも是等の香料が性欲を発動し得べき可能性のあることは（略）、売笑婦を始め愛を衒い媚を弄する享楽的婦人が、好んで芳烈の香料を使用するのは、這般の消息を語るものである。

このことに意識的であるか否かは不明であるが、文学作品においても、男女の恋愛を演出する小道具として、香水が用いられることは多い。例えば、三島由紀夫の「沈める滝」（『中央公論』昭和三〇年一月～四月）に、以下のような描写が見られる。

……彼は顕子の手紙に顔を近づけた。すると故らそれに染ませてあつた香水の匂ひがした。

何といふ香水か昇は知らなかつたが、顕子はまことによく、彼女の香水を選んでゐた。優雅で、暗く、澱んだ強烈な甘さの上に、人を反撥させるやうな金属的な冷たさを装つた匂ひである。暗い庭を歩くうちにゆきあたる花のやうな匂ひであり、しかもいくたびかの雨を浴びて、半ばすがれて、匂ひだけが夜の動かない空気のうちに、漂つてゐると謂つた感がある。

その匂ひから、顕子の肩を辷り落ちた着物の絹の鋭い音や、白地の一越縮緬に、肩からは藤の花房が垂れ、裾からは乱菊の生ひ立つてゐた絵羽染が思ひ出される。それから闇のなかにしらじらと浮んでゐた美しい屍のやうな体が思ひ出される。……

かういふ思ひ出から昇は突然嫉妬にかられ、こんな香水を染ませたことが、清純さうな手紙の裏にあるものを、補足してゐるやうな気がしだした。

手紙を手にした昇は、こうして、顕子を想像すると同時に、顕子の夫のことをも思い、嫉妬し、不愉快にもなっている。この場面で、香水の香りは、むしろ悪い印象をもたらしていると云えよう。

昇は、ダムの工事現場の宿舎で一冬の間、越冬する。その後、久し振りに再会した顕子について、次のように考えている。

　女たちの纏ふものは、みんな、藻だの、鱗だの、海に似たものを思ひ出させると昇は思つた。しかし漂つてゐるのは磯の香ではない。ものうげな、濃密な、甘くて暗い匂ひである。夜の匂ひといふよりは、女たちの時刻、午後の匂ひである。

　昇は顕子の肌着を顔に押しあてた。かういふたのしみは、顕子の不在の、最後の時間をたのしんでゐたのだともいへよう。あの永い半年の不在のあひだに、顕子がほとんど観念的な実在になつたことは前にも述べたが、昇にはこの移り香、このかすかな体温の名残、この布の微妙な皺が、現実の顕子ではなくて、観念的実在がいま身にまとつて、残したもののやうに思はれた。

　しかし青年は急に不快な記憶に襲はれて顔を離した。その香水の匂ひが、あの清純さうな手紙に染ませた匂ひを思ひ出させたからである。

　この香水の匂いは、昇に、嫉妬と共に、顕子という女が、自分の想像から逸脱している部分をもつという、ごく当たり前の事実を思わせるために、不快をもたらすようである。そこには、昇の極めて自分勝手な性格が見て取れる。一方、昇の不快感とは裏腹に、この場面の後、顕子は、初めて性の快感を手に入れ、不感症からも治っている。

香水は、昇が、観念的実在としての顕子像を結ぶことを邪魔立てする。香水の香りは昇にとって、いわば統御不能である。

これに対して、顕子は、おそらくそれまで、自らが過剰に観念的であったために、うまく性の快感を実感することができなかったものが、空間によって長く間を隔てられていたために、その距離が解消された時、反動的に実感の世界へ投げ込まれ、普通の女たちのように、性の快感を得ることが可能な存在となる。つまり、不感症ではなくなる。

ところが昇は、せっかく不感症から解放された顕子に、次第に失望していく。不感症であったことが、顕子の特別性であったことに、徐々に気づいていくかのようである。そうなってしまえば、同じ香水の香りにも、嫉妬も不快感も感じない。

顕子は寝《やす》む前に、小さな霧吹器で、香水を口の中に撒くことをおぼえてゐた。いつかの手紙に染ませた香水と同じ匂ひである。しかしその匂ひは今ではただの快い匂ひで、決して昇の嫉妬をそそらない。今夜も女のかへってゆく先が、良人の寝室であることが

はつきりわかつてゐるのに、それでも嫉妬をそそらないのである。
顕子の体のほてり、夥しい汗、……さういふものは、官能の断片の寄せ集めで、昇は自分の欲望の対象が、はつきり見定められないのにいらいらした。

顕子は既に、ただの女になってしまっている。すべては昇の一人相撲であった。その昇を嘲笑するかのように、常に他者として機能していたのが、香水の香りだったわけである。昇はどこまでいっても、この香水の他者性にたどり着けない。なぜなら、香水は、その人を感じさせるだけでなく、その人の真の匂いをわかりにくくもしてしまうからである。

ところで、手紙に香りを封じ込める際に用いられるのは、香水ばかりではない。花びらもよく用いられる。

第1章にも見た、田村俊子の「憂鬱な匂ひ」において、満子という女主人公は、手紙に花を封じ込めるという行動を見せる。

牡丹色と白い蝦夷菊の花は、安つぽい女の扮装のやうに趣味もなく香りもなく、唯こつてりとしてゐた。満子の今の感覚に伴ふやうな、それを一層興奮させてくれるやうな強烈な色も匂ひもない。満子はそれが気に入らなくつて花を瓶から摑み出すと、花の茎から濁つた水をぽた〳〵滴らしながら、欄干の上から下に投げ捨てた。

この、ややヒステリックな行動は、花を象徴として、それまでの満子自身との決別を指し示しているものと考えることができる。そうして、この花の代わりに、気に入った花を入れた手紙を送ろうとする。これは、満子の変化を譬喩することになろう。

今、思ひ出した友達のところへ、今夜初めての消息をしやう。さうしてヘリオトロープの花を摘んで入れてやらうと思つて満子はその花の傍らにかゞんで匂ひを嗅いで見た。花の稀薄な刺戟の匂ひの中にメランコリーな味が含まれてゐた。それがなんとなく今夜花を入れてやらうとする華美な情調に添はない気がしておもしろくなかつた。けれども此花の匂ひはいやと思ふほどでもなかつた。たゞ匂ひに硬い感じがあつた。

こうして満子は、ヘリオトロープの細かい紫の花を手紙に封じ込めて、津波由雄という男友達に送る。そこには、由雄との今後の進展という期待が込められていることはいうまでもない。ただしそれが「憂鬱な匂ひ」であるところに、満子の未練を含んだ複雑な感情も感じ取ることができる。

ただし由雄には、この複雑な「憂鬱性」は、おそらく伝わらないであろう。それは、送る側だけの問題であって、「憂鬱な匂ひ」なるものがコミュニケーションのコードとして共有されているわけではない。

手紙に封じ込められた香水や花の匂いは、その意味内容を伝える記号としては、かなりあやふやなものと言わざるを得ないのである。受け取る側が、たとえわがまま勝手に解釈したものであっても、伝達はやはり成り立ってしまうのである。

赤江瀑「オイディプスの刃」――花の匂いと香水の競演

中井英夫『香りへの旅』（平凡社、昭和五〇年一一月）の「香りと文字と」の章には、香りが重要な役割を果たす近代以降の文学について、次のように書かれている。

――ところで、こうした香りを、香りだけを主題にした近代の文学作品、それも現代を扱ったとなると、日本にはどんなものがあるのだろうか。さしあたってすぐ思い浮かぶほどのものがないのは、やはりそれがあまりにとりとめなく、主題にはなりにくいせいで、部分部分に煌く一閃は、ついに次の一句に及ばないかも知れない。

香水の香ぞ鉄壁をなせりける　草田男

それでも中井は、塚本邦雄の「かすみあみ」（『連弾』所収）と赤江瀑「オイディプスの刃」、および小栗虫太郎の「伽羅絶境」（『人外魔境』のうち）の三つの具体名は挙げている。このうち、特にラベンダーの香水が重要な役割を果たす赤江瀑の「オイディプスの刃」を選んで、小説における香りの効果についてここで詳しく見ておきたい。

「オイディプスの刃」（『野生時代』昭和四九年七月）の主人公は、語り手でもある大迫駿介である。彼は大迫家の次男である。物語は、ある夏の日の大事件から始まる。刀研師である秋浜泰邦が、大迫家の家族の何者かの手によって、名刀次吉で斬られ、続いて母香子が同じ刀で胸を突き、さらに、父耿平が事件から家族を守るために割腹自殺を遂げるのである。この事件のために、駿介と兄明彦、弟剛生の三兄弟が残され、それぞれの人生において、この出来事を背負い、別々の人生を歩み、後に不幸な再会をするというのが、物語の大筋である。

この物語が展開する際の最大の小道具は、古刀備中青江の次吉であろうが、もう一つ、作品を貫いて用いられている重要な象徴的存在がある。それが香水である。

それはまず、母の属性を示すものとして語り始められる。母は、香子という名詮自性が示すとおり、香りに最も近い人物である。「母の祖父に当る人物が香料会社を創立し、小さい時分から香料に馴じんで育った母は、やがて調香師としてその会社で働くようになり、間もなく結婚して駿介を生んだ」。その祖父が、母のために、大迫家に「調香室」を贈った。そこには、「調香台一式と、調香に必要なすべての原料、道具類」が備わり、「高価な花精油の原液、調和剤、変調剤、保留剤などのさまざまな香料も、祖父が生存中は、なくなれば補給」されていた。そのために、母は、結婚してからも、調香仕事を趣味としていたのである。父耿平は、調香とは無縁の人物であったが、出張でグラースを訪れた際の土産として、母のために、ラベンダーの高価な原液を持ち帰っている。

このグラースという土地については、平田幸子監修、ワールド・フレグランス・コレクション編『香水の本』(新潮社、昭和六一年六月)に、わざわざ「花の街・グラース」というコラムが用意され、次のように紹介されている。

コートダジュールのバルコニーといわれ、香料工業の発祥の地、香料のふるさととでもいうべき町、それがグラースです。

保養地として、また映画祭でも知られるカンヌより北西17キロの丘陵地帯にあるグラースは、町中がいつでも花の香りに包まれています。ここに住む人々のほとんどが香料関係の仕事で生計を立てています。（略）ここで摘み取られた花々は香料工場に運ばれ、花精油（エッセンス）に生まれ変わります。

なぜグラースが花の町として、また香料工業発祥の地として栄えたのでしょうか。やはり香料植物にとって理想的な地中海性気候にあるといえます。


このように、香水にとっては、メッカとも云うべき特別の場所である。

ところで、作中には、グラースの情報に代表されるような、香料や調香に関する知識が、あちらこちらに実に豊富にちりばめられている。作中に書かれる知識の例は以下のようなものである。


―― 香水は、一キログラム何十万、なかには数百万円もする花精油の原液に、貴重な麝香《ムスク》、霊猫香《シベット》、海狸香《カストリウム》、竜涎香《アンバーグリース》などという動物性の天然香料、加うるに化学製の合成香料を百種類以上もまぜあわせてつくられる。花精油の原液も、動物性の天然香料も、すべてが国外品である。日本では手に入らない。

さらに、ラベンダーについては、「エステル性の強い、独特の芳香を放つラベンダーは、どちらかと言えば、女性向きの匂いではない。男の香りだ。昔から、男性化粧品の王座を守ってきた香りである」という記述も見える。そして、それなのに、母はこの匂いをよく使ったことが書かれ、この香子という人物の「謎」が補強されているのである。

また、この母が調香師であったということは、後には、この物語を推進する力としても働いている。まず、兄の明彦が、母の祖父が創立し、今は伯父が社長を務めるE香料とはライバル会社である、東京のS香料という会社に就職し、調香師を目指しているという情報が、伯父から駿介に伝えられる。ちなみに、明彦は父の先妻の子で、母香子との血の繋がりはない。

次に、ずっと行方不明だった弟剛生が、安村憲男と名を変え、顔を整形して、フランスに渡り、「現在、世界でも一、二を争う有名な調香師」である「ピエール・デュロン」の「子飼いの調香師」となっていることが、曖昧な情報ながら、兄明彦から伝えられる。この二人は、かつて、互いに、秋浜泰邦殺しの真犯人を相手になすりつけ合い、対立した関係にある。

この対立を主たる原因とし、駿介の曖昧なる記憶をも巻き込んで、物語は急展開していく。久し振りに姿を現した剛生は、ある日、明彦により、割れた香水壜で刺されて死ぬ。その現場のホテルにかけつけた駿介は、そこに、「むせるような芳香がたちこめていた」ために、「いきなり過去に引き戻され、母の調香室へ入って行く自分を感じ」ることになる。一方、駿介に典型的であるが、記憶の中の泰邦の死について、視覚的な映像は、必ずしも鮮明ではない。要するに、この小説は、記憶の視覚的映像の曖昧さと引き替えに、嗅覚による記憶の物語を構築しているものと考えられるのである。

作中には、次のような実に象徴的な記述も見える。

調香室には、風がない。言いかえれば、風を持たない空間である。

匂いが動いてはならない。(略)

香料は、高温を嫌う。(略)

匂い紙とよばれる厚手の白い和紙の棒に、一滴香液を吸わせて鼻先でかぐ試験紙がある。調香の途中でも、何本も使う。最初に鼻先にくる匂い立ち、しばらくして寄せる中間の匂い、ときがたってなおかすかにとどまっている残香。移りかわるそれらのすべての香りの姿が、検討される。（略）

調香室は、すべてに微妙な部屋であった。（略）

調香師には、匂いを幻視する、香りを構築して展開させる、独創性がなければならない。イメージの世界を持てぬ調香師は、ただの技術屋に終るほかない。鼻は、努力や訓練でも研ぎすまされる。だが、創造力は、才能だ。

匂いが、目には見えない世界のものであるだけに、そしてたちまち消え移ろうあえかな不明のものだけに、創造力は、幻を見る力であった。幻を追う才能であった。

いわば調香師の腕は、幻の世界で競いあわれた。

これらは、あたかもこの物語の筋をすべて含み込んで象徴しているようにも見える。物語を創造するに際し、この調香師の幻視力は、小説家の構想力に移されることが可能であろう。

以上のとおり、実に丁寧な準備の上に、この物語は構築されていたのである。このことを可能にしたのは、調香師の嗅覚の世界という、一般的な嗅覚の持ち主には到達困難である世界の設定である。調香は、したがって、特別な嗅覚の持ち主にのみわかるような、幻の世界に属している。そしてそれは、記憶というものの曖昧さとも響き合う。

結局のところ、明彦でも剛生でもない、意外な人物が真犯人であったという結末を持つこの物語は、人殺しという重大な事件においても、記憶が如何に曖昧であるかを示すことを一つの目的としている。そして、一番確かであったのは、視覚的な記憶の映像などでは決してなく、むしろ嗅覚によって喚起される現場の空気のようなものであった。

この小説は、香りを謎解きの鍵とする推理小説だったわけである。

column

2

香水と名前

第2章の本文中にも紹介した、平田幸子監修、ワールド・フレグランス・コレクション編『香水の本』(新潮社、昭和六二年六月)は、約三五〇種の香水のカタログでもある。ここに収められた諸江辰男の「名香物語」には、「ミツコ――哀愁の旋律」「シャネル5番――愛の殿堂」「シャリマー――天才調香師の傑作」と、三つの代表的な香水について書かれた後、最後に、「ミス・ディオール、マダム・ロシャス、ファム、オーソバージュ、エメロード、ナルシス・ノワール、アンフィニ、アルページュ、マイシン、ジョイ、タブー、マ・グリフ、カレーシュ、アマゾン、フィジー、カランドル、アナイス・アナイス、オピウム」が名香として列挙されている。

同書によってこれらの情報を補足しておきたい。特にその名前に興味があるからである。

「ミツコ」も「シャリマー」も、ゲランの香水である。「シャリマー」は「タージマハール宮の庭園の名」で、「アンバーを基調にした深みある暖かみのある甘さと樹皮のほろ苦さが刺激的」とのことである。一方「ミツコ」は、「日本女性の名」で、「東洋の神秘的な花や樹木の香りが漂うエキゾチックでノーブルな香水。フランスの作家C・ファレールの小説『戦闘』の提督の若妻の名にちなみ、秘めやかな情熱を感じさせます」とのことである。ゲランには、この他も、「ジッキー」(「ジャック・ゲランの愛称」)や、「夜間飛行」などの名香がある。特に「夜間飛行」は、『夜間飛行』の著者サン-テグジュペリの冒険と勇気をたたえて名づけられた白夜の空に飛び立つイメージの香水」で、よく知られている。

「シャネル5番」は「「私はシャネル5番を着て寝るの」という女優マリリン・モンローの言葉で俄然有名になった香水」である。シャネルには他に、「シャネル19番」や「ココ」などの香水もある。

「ミス・ディオール」はいうまでもなくクリスチャンディオールを代表するもので、「香りの偉大なる古典といわれる人気商品」である。ディオールでは他に、「毒」の意の「プワゾン」も人気が高い。

「オーソバージュ」もクリスチャンディオールが出したもので、「野生の水」という意味からも明らかなように、男性用の香水として「ヨーロッパでは人気No.1」とのことである。

一方、「マダム・ロシャス」と「ファム」(「女」)は、ロシャスの香水で、いずれの名前からも、女性らしさを大切にする姿勢が窺える。

「エメロード」はコティの香水で、「エメラルド」の意。

「ナルシス・ノワール」は香水専門のメーカーキャロンを代表する香水で、「黒水仙」の意味である。「熱帯の幽幻な香り」とされる。「アンフィニ」もキャロンの香水である。

「アルページュ」はランバンの「音楽用語で分散和音」を意味する、「ローズとジャスミンをブレンドしたモダンな花の香り」の香水。「マイシン」は、ランバンが最初に発表した香水で、「私の罪」のことである。

「ジョイ」はジャンパトウの香水で、「歓喜」の意の英語名からもわかるように、フランスの会社が、アメリカ市場を意識して作ったもののようである。

「タブー」はダナという会社の名香で、「禁じられた掟」の名のとおり、「禁断の香りとして一躍ブームに」なった。社名より香水名の方が有名な例。

「マ・グリフ」はカルバンの香水で、「私のサイン」という意。

「カレーシュ」はエルメスのもので、「幌つき四輪馬車」の意。これは、「エルメスのマークをそのままイメージした、優雅で気品に富む知的な香り」とされる。「アマゾン」もエルメスが出した香水で、「古代ギリシアの伝説上の女戦士」を意味する。

「フィジー」はギラロッシュが「フィジー諸島」をイメージして作ったもの。

「カランドル」はパコラバンヌの香水で、「ひばり」の意味。

「アナイス・アナイス」は、キャシャレルが出した、「珍しい百合の香りにみずみずしいフローラルブーケを加えた、ホワイトフローラルという新しいタイプ」の香りで、「ペルシャの愛の女神アナイティス」にちなむ。

「オピウム」はイヴ サンローランの香水で、「阿片」を意味する。サンローランでは、「パリ」という名の香水もよく知られている。

第3章

異国の匂い——巴里

稍や肌を刺す冷い湿つた夕風につれて、近処の料理屋の物煮る臭ひが、雑沓の男女の白粉や汗の臭ひに交つて、何処からともなく流れて来る。（略）名状すべからざる精神の混乱——それは酒の酔に等しく、幾分の苦悩を交へた強い快感を生ぜしむるのであつた。

（永井荷風「再会」）

永井荷風『ふらんす物語』——パリ風景との逆説的出会い

永井荷風の『ふらんす物語』（博文館、明治四二年三月、発売頒布禁止）の冒頭には、「船と車」という作品が置かれている。四年間ほど住んだアメリカ合衆国から、ついに長年の憧れであったフランスに渡った際の初めてのパリが写されている作品である。そこで主人公は、まず、これまで読んだフランスの小説を、フランスおよびパリを見る際のいわばフレームとして、これを手助けにこの国と街を眺めている。

まず、ニューヨークからの一週間の船旅の後に着いたル・アーブル港については、次のように描かれる。

> 自分は云ふまでもなく、モーパッサンの作物——La Passion. Mon oncle Jules 又は、Pierre et Jean など云ふ小説中に現れて居る此の港の記事を思ひ浮べて、大家の文章と実際の景色とを比べて見たいと、一心に四辺を見廻して居たのである。

この見方は、やはりやや特異と云うべきであろう。風景を眺める前に、先ず参照枠としての小説の風景が確固たるものとしてあることが、殊更に意識されているのである。主人公にとって、風景は、常に再確認するもの、または再発見すべきものというわけである。

次に、ル・アーブルからパリに向かう汽車の中でも、同様の見方を選んでいる。

ゾラを読んだ人は、云はずとも知つて居やう。アーブルとパリー間の鉄道は、殺人狂を描いた有名な其の小説、LA BÊTE HUMAINE の舞台である。ゾラは、荒寥、寂寞、又殺気に満ちた、さまぐ〵な物凄い景色をば、此の鉄道の沿路から撰んで居る。で、自分は昨夜、港に這入つた時よりも一倍注意して、窓から首を出して居た。が、又も自分は失望――と云ふよりは意外の感に打たれねばならなかつた。

ここでも、まずゾラの小説が想起されている。そして、その小説によって既知であるはずの風景と、現実の風景とを比較して、現実の風景の方に失望している。この失望から、主人公がいかにわがまま勝手に、そこにあるべき風景を期待していたのかがわかる。

しかも、失望した現実の風景自体がつまらないものであったわけではないのである。作品には、主人公が見た風景が、むしろ想像以上のものであることが書き継がれている。主人公は、「北米大陸の広漠、無限の淋しい景色ばかりに馴れて居た自分の眼には、過ぎ行くノルマンデーの野の景色は、まるで画だ。余りに美しく整頓して居て、生きて居るものとは思はれぬ処がある」と述べている。数々の景物の様子についても、「其の位地、其の色彩は、多年自分が、油絵に見て居た通りで、云はゞ、美術の為めに、此の自然が誂向きに出来上つて居るとしか思はれ」ないのである。そのために、『自然』其のものが、美麗の極、已にクラシックの類型になりすまして居るやうで、却て、個人的の空想を誘ふ余地がない」とまで述べる。絵で見たとおりではあるが、想像していたゾラの小説の舞台とは違うというのである。風景との実に複雑な遭遇の仕方である。風景が、主人公の視覚と認識と想像との間を往ったり来たりしているのである。

やがて主人公は、パリのサンラザール駅に近づく。車窓から見える憧れのパリの街の風景にも、「自分は、汽車の響きに其の窓、其の花園から、此方を見返る女の姿を見て、此れまで読んだ仏蘭西劇や小説に現はれて居る幾多の女主人公を思ひ出すばかり」である。

要するに、主人公にとって、パリは、最初から、実際の風景として出会う対象ではなく、既に芸術作品で体験済みの土地であった。初めて見る風景でありながら、馴染みの風景でもある。これは、見方を変えれば、見ているはずの眼前の風景が、既成のイメージによってゆがめられ、正しくは見えていないということでもあろう。このことに関して、極めつきの文章は以下のとおりである。

> あゝ！　パリー！　自分は如何なる感に打たれたであらうか！　有名なコンコルドの広場から、並木の大通シャンゼルゼー、凱旋門、ブーロンユの森は云ふに及ばず、リボリの街の賑ひ、イタリア四辻の雑沓から、さては、セインの河岸通り、又は名も知れぬ細い露地の様に至るまで、自分は、見る処、到る処に、つく〲《ママ》此れまで読んだフランス写実派の小説と、パルナッツ派の詩篇とが、如何に忠実に、如何に精細に、此の大都の生活を写して居るか、と云ふ事を感じ入るのであつた。

しかし、どうやらこの時点では、これらの景色は、真実のパリの風景ではない。それは、主人公にとって、いわば夢見心地のパリであり、憧れのフランスが映し出した虚像であることは疑い得ないようである。この時の主人公は、リヨンに赴任する途中のたった二日間パリに滞在しただけで、それらが正しく駆け足で訪ねたパリ風景であったことも、パリの虚像としての性格が強調された要因かもしれない。

さて、主人公がこの二日間のためにたまたま選んだ安宿の内儀が、出発に際して「道中のおなぐさみに」と手渡してくれた、一輪の「フランスの白薔薇」に、主人公は、「訳もなく非常に感動」している。まだ夢見心地の感覚は続いているようである。

広いパリーの都、広いフランスの国に、今自分を知つて居るものは、全く此の内儀一人。然し今宵、此の都を去つて了へば、其れが最後で、少時にして、二人は何も彼も忘れ果てゝ了ふのであらう。彼の女は時が来れば勝手に死んで了ひ、自分も亦、何処かの国で病気にかゝつて斃れて了う《ママ》のだ。世の中は、其の進歩の歴史に関係のない自分を知る事なく、此のマダムの白薔薇をも知る事なく、従前通り、無限に無限に過ぎ去つて行くのであらう。

このような、自分を殊更に孤独な旅人と見なし、内儀との出会いの偶然を、あらゆるものの永続不可能性として意識し、そこから敷衍して、自らの存在意義についての虚無的な見方を示すこのような書きぶりは、この後の荷風の作品にも多く見られるところである。しかしながら、ここではやはり、パリという憧れの土地との運命的な出会いの詩情の方が優っているようである。その詩情は、この白薔薇に集約され、主人公はこの詩情と共に、いったんパリを去る。

しかしながら主人公は、その大切な白薔薇も、汽車がリヨン駅に着いた際、慌てて下車したために忘れてきてしまう。ホテルに到着して一睡の後思い出したのは、その白薔薇のことであった。そして作品は、「花は依然として香しく、今頃はマルセイユに行つて了つたらう。或はその途中出入の人の足に踏砕かれて了つたかも知れぬ……」という、嗅覚に関わる文章を以て閉じられている。初めてでありながら既視感のあるパリ風景との、いわば視覚的な出会いが、ここでは、内儀との偶然で個人的な出会いから得た詩情を象徴する白薔薇という、嗅覚的要素によって書き収められているのである。パリの風景は、既知の情報の方が優位を示すような表面的なものであったが、このような嗅覚的要素や、主人公がリヨンのホテルから聴いた鳥のさえずりなどの聴覚的要素によって、やがてより実感的に描写されることになろう。『ふらんす物語』は、主人公のパリ風景の見方が、いかに深化していったのか、換言すれば、主人公がいかに正しくパリの実像を捉えることができるようになっていたのか、その変化の過程が描き込まれた作品集と読むことも可能なようなのである。

例えば白薔薇についても、その小道具としての用いられ方に変化を見ることができる。同じ『ふらんす物語』に収められた「羅典街の一夜」に登場する白薔薇は、以下のようなものである。それは、主人公がカルチェラタンのカフェで出会った一人の女が、花売りの婆さんから買った薔薇である。

　女は花売りから、花束を受取るや否や、直様唇へ押付け、両肩を張るまでに息をついて、『あゝ。いゝ香気だ。嗅いで御覧なさい。』と、今度はテーブル越に自分の鼻先へ差付け、さて丁寧に、襟元へピンで留めた後、其の中の殊に大い一輪を引抜き、自分の上衣のボタンに挿込んで、
『日本の方は、皆な赤い薔薇はお嫌ひですツてね。』

そして女は、昔、馴染みだったという東原という洋画家の話を始める。

　女は少時默つた。俯向いて襟にさした白薔薇の花の香をかいで居たが、
『それもさうね、もう何年前の事ツ《マ》てせ《マ》う。巴里でこんな家業をして居ると、ほんとに、何時日がたつか忘れて了ひます。』

このとおり、香りが、女に、思い出を呼び起こさせている。五感のうち最も記憶というものに近いとされる嗅覚の機能に忠実な描写が、ここには採用されている。

ところで、パリにも、好い香りと悪い臭いが漂っているであろう。薔薇の香りなどは、白薔薇の場合は特にそうであろうが、パリを指し示すに際し、概ね好い印象の譬喩として、読者には受け取られるであろう。しかしながら、作者や主人公は、パリに憧れを抱いているようであるにも拘わらず、どちらかというと嫌な部類に入るパリの臭いをも読者に伝える。例えば「再会」には、次のような描写が見える。

稍や肌を刺す冷い湿つた夕風につれて、近処の料理屋の物煮る臭ひが、雑沓の男女の白粉や汗の臭ひに交つて、何処からともなく流れて来る。神経はかゝる周囲の刺戟によつて、特別の昂奮を催す処へ、精霊は却て静り行く黄昏の光の幽暗に打沈められるからであらう、名状すべからざる精神の混乱――それは酒の酔に等しく、幾分の苦悩を交へた強い快感を生ぜしむるのであつた。

これなどは、さほど嫌な臭いというわけでもないのかもしれないが、汗の臭いに代表されるように、それらは生活に密着した臭いであり、白薔薇の詩情からは遠いと判断される。この他にも、例えば「放蕩」の主人公は、シャンゼリゼのメトロの駅で、「人々の着て居る毛織物の、湿つた匂ひが胸悪く、ぷんと鼻をつ」くというような経験をしている。いずれにしてもパリは、視覚的に感じ取られるだけではなく、主人公たちに、嗅覚的に体験されるものとなっている。

さて、この「放蕩」の主人公である小山貞吉は、次のような男として描写されている。

貞吉は其の夕、頭髪を分け直し、手の爪を磨き、口髯を縮らし、すつかり、燕尾服の支度をすまして、大きい姿見に対しながら薫りの強いトルコ煙草をくゆらした。（略）電燈が箪笥の上に置き並べた香水、鋏、剃刀、焼小手、コロン水、顔へ塗るクレーム、髯剃の後でつける白粉なぞさまぐ〵な小瓶、小箱、小道具を照らす。貞吉は小娘のやうに他愛もなく、あの者共が自分の姿を美しくして呉れるのかと、嬉しいばかりか、有難いやうな気もする。粉飾、化粧、これればかりが、吾々を土人や野獣や草木土塊から区別して呉れるのだ、と総る人工、技巧の力を思ひ浮べ、淘然として十八世紀王政時代の宮このような男は、明治末期の日本においては、一部の階級を除いて、あまり見られなかったであろう。先に見た、「それから」の代助などは例外的存在である。ここには、日本近代の急速なる西洋化に対する皮肉を窺うことも、あるいは可能であろう。そして貞吉は、このおしゃれの側面において、代助に実によく似ているのである。

このような人物描写に、必ずといってよいほど香りの要素が伴うことについては、特に指摘しておくべきであろう。香りの重要性への気づきは、近代化すなわち西洋化の一条件だったようなのである。

維新前夜の慶応三（一八六七）年六月（旧暦五月）、幕臣であった栗本鋤雲が、命を受けてフランスに渡っている。旧暦の八月一七日にパリに着いた彼は、慶応四年五月一八日（旧暦四月二六日）にパリを出発するまで、約八ヶ月間、パリに滞在した。その間の記録である、「暁窓追録」（『匏庵十種　鉛筆紀聞・暁窓追録』明治二年三月）には、このような記録には珍しく、パリの食べ物の臭いが伝えられている。

> 鷸《しぎ》の一種ベカスと名る者あり。簷《のき》に懸け是を曝し、微臭を生ずるを待て煮る。嗜者頗る多し。是れ其臭を好むに非ず、其臭に慣るるなり。此他、野獣兎鹿の属、往々其臭敗に堪へざる者あり。

鳥肉も含め、獣肉類の飲食が未だ一般的ではなかった当時の日本人にとって、これらの臭いは強烈な印象を与えるものと思われる。食文化の相違は、異国の印象を第一に決定づけるはずである。その違和感は、それを異文化として見過ごすだけで済む場合には大した問題ではなかろうが、その国の文化を先進文化として取り入れることが究極の目的とされた場合には話が別である。栗本はかなり戸惑ったであろう。彼がフランスに派遣されたのは、いうまでもなく、この国の先進文化の移入のためである。

また、この先進文化である食べ物の味の輸入が、当時は物理的な理由においても困難であったこともまた示されている。船で長時間をかけてしか運べない西洋の食べ物の一部は、鮮度という点において、別の臭いを用意したのである。

> 酴酪《とらく》ボートルの属西洋に在りて、是を食へば極めて鮮美にして、一日も是なかる可ら

ず。其航して紅海以東に至る者、塩を和し敗を防ぐと雖ども、猶臭悪にして一匕を嘗むるを欲せず。此他飲食、彼国にありては甚美にして、我が国に輸来すれば殊に美ならざる類、頗る多かる可し。

これはバターの類のことであるが、これらの長距離移動における変質という条件もまた、西洋と東洋の距離を大きくしていたのである。このことは、現在からはなかなか気づきにくい事実であろう。ここではパリと日本との実に遠い距離感を、臭いが表現してくれている。西洋化としての日本の近代化は、この段階から始まり、明治末期に至って、漸く小山貞吉や長井代助のような男を作ったのである。彼らにしたところで、日本においては未だ、例外的存在ではあったが。

薩摩治郎八『ぶどう酒物語』——バロン・サツマの嗅いだ香水と酒

薩摩治郎八は、バロン・サツマの名でパリの社交界にその名を轟かせた、日本が誇る一大蕩尽家である。彼がパリで遣った金は、現在に換算して数百億円に上ると云われている。

近江商人であった祖父が創業した薩摩商店を、父が日本でも有数の財閥に育て上げ、そして子である治郎八がつぶしてしまった。この三代の軌跡は、成金一家とその没落の典型的なストーリーではあろうが、薩摩の場合は、パリでの蕩尽というグローバルな展開が加わり、より壮大な夢の跡として映るのも確かであろう。

治郎八はまず一九一八年、一七歳の若さで英国に渡り、オックスフォードでギリシア文学や演劇を学んだが、のちにパリに移った。一九二〇年前後のパリ社交界は、華やかな時代であった。ところが、当時の薩摩はそれをあまり喜ばなかったようである。『せ・し・ぼん――わが半生の夢――』(山文社、昭和三〇年九月)には、「いずれにしてもこのような空気の巴里の社交気分は私にとってあまりに派手すぎたので、私は間もなくパッシーの片隅に日本人との交際をさけた生活をはじめ、音楽会、演劇、美術展覧会のみに足を運び、かたわら巴里女をモデルにして彫刻をやったりして暮した」と書かれている。着目すべきは、この時から高級住宅街として有名なパッシーにその住居を定めている点である。やがて大正一三年一二月一三日、いったんパリと別れ、帰国した。しかし長く日本に滞在することもなかった。大正一五年には、伯爵山田英夫の娘千代子と帝国ホテルで結婚式を挙げると、二人でパリに渡ったのである。

今度のパリにおいては、マダム・サツマを同行していたこともあり、社交界で華々しい活躍を見せることになる。『せ・し・ぼん』には、例えば「私が妻に造ってやった特製の自動車は、純銀の車体に淡紫の塗りで、運転手の制服は銀ねずみに純金の定紋、妻の衣服はリュー・ド・ラペのミランド製の淡紫に銀色のビロードのタイニールであった。これでカンヌの自動車エレガンス・コンクールに出場し、瑞典王室その他の車と競って、特別大賞を獲得した」などと書かれている。ため息が出そうな話である。同じ書には「人生まさに二十八歳、冬は南仏カンヌのホテル・マヂェスチック、夏はドービルのホテル・ノルマンディーと王者も及ばぬ豪華な生活をしたが、それをそしる者はそしれである」という言葉も見える。パリでは二人は閑静なラ・フォンテーヌ街に住居を定めた。そこを根城に、治郎八は相変らず好き勝手な放蕩生活を続け、一方千代夫人は、絵を描く技術を次第に本格的なものとしていったのである。

この薩摩に、『ぶどう酒物語』(村山書店、昭和三三年二月)という著がある。その「香水物語」の章には、葡萄酒と共に、香水の魅力についてもふんだんに書かれている。

——香水こそはわれわれがどこでもかかげるパリの匂いであり夢である。いやパリばかりではない、遠い近東の詩でもあり、紅海のはて砂漠の空に消えゆく蜃気楼の幻影でもある。パリの香水芸術家達はその優秀な感覚で、あらゆる夢を生みだす。青春の甘い思い出、季節のリズム、音楽のメロディー。そしてこればかりは絵画や、彫刻や、文学や、モードや、料理や、ぶどう酒などのようにフランスならでは生れぬ芸術なのである。

ここに典型的であるように、香水は、パリを表す要素の代表として捉えられている。このことは、パリが世界の最先端のモードを体現することを意味するのはもちろんであるが、そこにはやや複雑な形で、パリの歴史が関わっている。アラン・コルバンの『においの歴史』（山田登世子・鹿島茂訳、新評論、昭和六三年一二月）に繰り返し記述されているように、パリが最大の悪臭の都市であったことが、香水の歴史にも影を落としている。『においの歴史』の「Ⅲ　におい、象徴、社会的表象」の終章のタイトルは、「パリの悪臭」である。これは主に公衆衛生の意識の低さからもたらされたものであるが、公的空間の悪臭が近代における極めて個人的な空間、例えば男女の空間に影響を及ぼす時、その一つの逆説的表れとして、香水が登場する。香水は、匂いの演出というような積極的な意味合いの前に、匂い消しとしての消極的な性格を持たされていたのである。

薩摩治郎八は、この香水と共に、ワインの香りをも、プライヴェートな空間と繋げてパリの特徴に数え上げている。『ぶどう酒物語』の「洋酒天国」の章の「酒と女」には、以下のような文章が見える。

ポート・ワインはこうしてアチラでは男女交際のロマンスの序曲を奏でる微妙な一役を買っている。（略）閨房の小机の上に媚薬の傍役をつとめるのはこれまたポート・ワインだ。

かくて二人の愛人の秘語は馥郁たるポート・ワインの香気で一段の光彩を加える。

（略）

彼女の悩ましい体臭に混るホンノリとした葡萄の芳気。どうです。（略）

彼女は決して一万円のシャネル五番香水の薫香をその妖艶な肢体から発散せずとも、優秀な葡萄酒精を原料とした、これまた国産の『パリの友達《アミドパリ》』香水位の媚香をあなたの男性的な胸にかおらせる。

こうして生れる男女間の酒エチケット、なんと素晴しい青春ではありませんか？

ここで着目したいのは、女性の体臭と混じるワインの香りが、香水と同様の役割を果たすという指摘である。

さらに、同章の「酔いどれ天国」には、酒の匂いが詩にも香る高踏的なものであると書かれている。

酒に酔ったあげくフラフラと歌ったものはどこか酒臭い、臭気が漂っている。詩品も一段と落ちる。ところがギリシヤ人の酒の詩は整然とした格調を保ち、いかにも明快だ。（略）

大体酒は嗅ぐものであって飲むものではなかったのだ。ギリシヤ人はこの酒のエチケットを身につけていた。香気馥郁たるサモス酒などに、本当に酔った日には身心もとろけてしまう。彼等は酒の香気を嘆美し、酒に飲まれることは紳士道にはずるものと考えていたらしい。（略）

こうした、酒は飲むが酒には飲まれぬといった伝統的精神が、ラテン民族にはいまだに残されている。酒の本場フランスに酔っぱらいは見られない。

そして、ギリシア人と、その流れを汲むフランス人などに比して、日本人やアメリカ人は、とにかく酔っ払ってしまうので「酒にかけては野蛮人種」だとも書かれる。

ポート・ワインに限らず、常温で飲む赤ワインなどに典型的であるように、ここには、酒をめぐる文化の差異が典型的に示されている。おそらく戦後の昭和三〇年代でも、このバロン・サツマによるパリ文化の紹介は、なかなか当時の日本人には通じなかったのではなかろうか。

同書の「あとがき」で、薩摩は以下のように書いた。

洋酒に親しみ、香水を愛する人は多い。が私のようにあらゆる土地や雰囲気のなかで、この二つの欲望をみたした者は地球上にそうたくさんはいないはずだ。（略）

私の描く洋酒と香水のはなしは、私のアラビアンナイトの千一夜物語であり、歓楽の果ての哀愁でもある。

この痴語愚言の中から、読者がくみとって下さる酒と香水の香気。それは限りない人間の快楽に対する欲望と、憧れと、夢の破片なのだ。この破片の分裂から読者自身の匂いの楽土を築かれれば、私の栄枯の夢も執着駅に達したわけだ。

この無類の自負のもとに書かれた言葉は、それゆえに真実を語るものと思われる。この書の内容が、洋酒と香水の香りについてであったことに、パリを代表とする薩摩の異国が、いかに香る国であったかが示されている。

おそらく、異国を観光する際には、その「観」光という言葉が示すように、視覚要素がまず機能する。匂いは、感じたとしても、文章化されることは少ないようである。薩摩のパリは、表層的な観光からは遠い、かなり実感化されたパリである。血肉化と換言してもよいかもしれない。パリが香りで捉えられたというのは、あらためて、稀有なことなのであろうと判断される。

柳沢健『三鞭酒の泡』——ワインの哲学

外交官としてフランスを初めとするヨーロッパ各国に永く滞在した、詩人柳沢健もまた、ワインの匂いを文化として受け止めた一人である。『三鞭酒の泡』(日本評論社、昭和九年一二月)に、以下のような記述がある。

葡萄酒のコップは日本の盃の小ささに対して出来るだけ大きくなければいけない。すくなくとも一合近くの量がはいるだけの大きなコップが必要だ。

それは先づ、大きながぶ飲みに依つて口腔内を一杯に埋め充たすがためなのだ。その匂ひと味ひとで口のなかが隙間なく一杯になつてゐるその豊満な感じは、葡萄酒の持つ最大の魅力《シャルム》の一つであると言つていゝ。殊に赤葡萄酒の匂ひが口腔のなかに一杯に拡がるその感覚を指すために、フランス人が『花束《ブーケ》』といふ語彙を作り出してゐるが、その感覚こそ実にそれなのだ。口のなかに一杯にひろがる真紅な花束！　それから、ボルドー酒のある種類を口にした時に、如何にも匂ひが高貴で味ひが艶やかで賑やかだつた場合、『口のなかに孔雀の羽《キュー・デュ・ポオン》ができた！』"Il fait dans la bouche la queue du pâon!"と叫ぶのも、実にそれだ！　また、ブールゴーギュ酒についてよく人の言ふ『この酒には恋《ド・ラムール》がある！』といふ言葉も、この口一杯にひろがる賑やかな華やかな印象を指すのに外ならないのだ。

ここで注目すべきは、匂いと味によるワインの印象が、それを表現する言葉と共に語られている点である。これは、今でもそうであろうが、ソムリエたちがワインの味を覚えるために、常に言葉に変換していることを想起させる。形のない匂いや味は、言葉によって、人々の記憶に蓄積されるのである。

もう一つ、ワインは、料理に合わされて、さらにその魅力を倍増させることを、その特長とする。あらゆる国の料理と酒の関係が同様なのではあろうが、特にワインは、料理とのマリアージュの魅力を、語られることが多い。

柳沢は、「文学者のポオル・ルブーが、（この男は今のところ差当り現代フランス食道楽文学者の第一人者と言つていゝ。）最近ある雑誌のなかで書いてゐる酒に対する自己の好みの一文」を紹介している。そこには、まず「前菜《オール・ドウヴル》には三鞭酒《シャムパーギュ》の一杯がいゝ」というものから始まり、料理のコースの順で、料理に合う酒が挙げられている。そのいくつかについては、以下のとおり、その相性に関して、匂いが強く関与することも指摘される。

> 魚の料理には、軽らかでスマートで、ほんのすこし麝香の香りのするあのラインの美酒が何よりだ。ライン酒には花の匂ひが泛んでゐるとともに、仄かに果実の酸味が交つてゐるが、それが魚ととてもよく合ふ。……

次は肉の炙り焼《ロチ》だ。いよ〳〵こゝで、花形ボルドオ酒の御登場となる。こゝで飲むボルドオは松露《トリユフ》（略）と菫《ヴイオレット》との匂ひがする生醇なほんもののボルドオでなければならぬことは固よりだ。（略）その匂ひが味が舌のうへにも口腔の周囲にも隈なく行き渡る。そこに、炙り立ての熱い鶏肉が、犢牛の肉が、さては野鴨の肉が、豊かな香味を発散させながら続いて口腔に這り込むのである。……

このような記述が、最後の「香気の高いモッカ珈琲」と一緒に飲むリキュール類まで続けられる。

このように、それだけの味や匂いだけではなく、料理を代表に、さまざまな場面の中での存在感が語られるために、ワインは、特別の飲み物となっている。その際に、匂いとその表現に殊更に着目した柳沢は、これだけでも、かなりのワイン通であり、フランス通であることがわかる。

日本におけるフランスの香り

永井荷風は、大正八年元旦の『断腸亭日乗』に、次のように書きつけている。

> 正月元旦。（略）九時頃目覚めて床の内にて一碗のショコラを啜り、一片のクロワサ《ママ》ン（三日月形のパン）を食し、昨夜読残の疑雨集をよむ。余帰朝後十余年、毎朝焼麺麭と珈琲とを朝飯の代りにせしが、去歳家を売り旅亭に在りし時、珈琲なきを以て、銀座の三浦屋より仏蘭西製のショコラムニヱーを取りよせ、蓐中にてこれを啜りしに、其味何となく仏蘭西に在りし時のことを思出さしめたり。仏蘭西人は起出でざる中、寝床にてショコラとクロワッサンとを食す。（余クロワッサンは尾張町ヴイヱナカッフヱーといふ米人の店にて購ふ。）

このとおり、フランスから帰って十年以上経っても、フランスのことを思い出し、その時代の生活スタイルを日本でも取り込み、続けている。この頃の荷風は、一方で、江戸趣味に耽ってもいた。日記の文章には、香りについての言及は見られないが、一時荷風の妻として家に入った藤蔭静枝が、「昔から食事はやかましい方でコーヒーをいれるのも、パンを切ったり焼いたりするのも、全部自分でおやりでしたし、西洋風の好みになずんでいたせいか〝おみおつけ〟やシャケのにおいが大きらいでした」(『東京新聞』夕刊、昭和三四年五月一日)と証言している。おそらく、コーヒーやショコラ、またクロワッサンの香りによって、パリを追慕していたものと思われる。

これと好対照であるのが、パリに滞在した経験を、四〇年以上も後に、回想録として書いた金子光晴である。その『ねむれ巴里』(中央公論社、昭和四八年一〇月)の「泥手・泥足」において、パリの歓楽都市としての側面を「花のパリは、腐臭芬々とした性器の累積を肥料として咲いている、紅霞のなかの徒花にすぎない」と書いている。金子が回想するパリの臭いは、荷風や薩摩と同じ都市にありながら、まったく別のものであった。もちろんそれは、彼のパリ体験の内実によってもたらされた印象であろう。

このことにもまた、匂いが多分に譬喩をまとっていることが窺えるのである。

column 3

予兆としての匂い

萩原朔太郎の「猫町」(『セルパン』昭和一〇年八月)は、主人公が、「三半規管の喪失」により、町で迷い、不安な感覚にとりつかれる物語である。そこには、町の空気の匂いが書かれている。

何事かわからない、或る漠然とした一つの予感が、青ざめた恐怖の色で、忙がしく私の心の中を馳け廻つた。すべての感覚が解放され、物の微細な色、匂ひ、音、味、意味までが、すつかり確実に知覚された。あたりの空気には、死屍のやうな臭気が充満して、気圧が刻々に嵩まつて行つた。此所に現象してゐるものは、確かに何かの凶兆である。確かに今、何事かの非常が起る! 起るにちがひない!

そしてこの後、「世にも奇怪な、恐ろしい異変事が現象」する。猫の大集団が町を占拠したのである。

このような、予兆を示す空気の変化を、我々も体験することがある。朔太郎の鋭敏な鼻は、それを匂いとして嗅ぎ取ったと云えよう。

坂口安吾の「安吾の新日本地理」の一編である「飛鳥の幻―吉野・大和の巻―」（『文藝春秋』昭和二六年六月）にも、大化の改新前後の歴史をめぐって、以下のような記述が見える。

入鹿蝦夷が殺される皇極天皇の四年間だけでなく、その前代の欽明天皇の後期ごろから、何千語あるのか何万語あるのか知らないが、夥しく言葉を費して、なんとまア狂躁にみちた言々句々を重ねているのでしょうね。文士の私がとても自分の力では思いつくことができないような、いろんな雑多な天変地異、妖しげな前兆の数々、悪魔的な予言の匂う謡の数々、血の匂いかね。薄笑いの翳かね。すべてそれらはヒステリイ的、テンカン的だね。それらの文字にハッキリ血なまぐさい病気が、発作が、でているようだ。

安吾タンテイの歴史の見直しという内容の是非についてはここでは触れないことにするが、歴史の転換期における予兆が、血の匂いと共に嗅ぎ取られていて、安吾タンテイもまた真理を鼻で嗅ぎ分けようとしていたことは興味深い。

第4章

異国の臭い――上海

くすんだ曇天の街の、煙硝とも、なまぐささとも識別できない、非常に強烈だが一種偏って異様な、頑強で人の個性まで変えてしまいそうな、上海の生活のにおいを、私たちの内側まではっきり染みついているなつかしさで一つ一つよびさまさせる。

(金子光晴「上海灘」)

横光利一「上海」——近くて遠い場所

中国は日本にとって、近くて遠い国であり、同じアジアにありながら、文化も似て非なる国である。この国は距離的に近いために、どの時代にあっても、多くの日本人が訪れている。また長期滞在者も多い。しかしながら、その政治形態の変遷および外交関係の悪化などにより、社会的、心理的、宗教的、そして文化的な隔たりも大きい。この国を訪れた日本人は、最初から異文化接触を覚悟するヨーロッパなどとは違い、よく知っていると思っていた国が、かなり違っているという、その先入観からくる思いの外のずれに驚く。このよく知っているはずという思い込みと、意外な違和感の混淆を実感的に示すものとして、この国の特徴的な香りがある。

例えば、有名な上海の繁華街である四馬路に漂う匂いについては、例えば池田桃川の『上海百話』（日本堂、大正一〇年一二月）に、次のように書かれている。

> あの紅い白い、目眩るしい計りの電灯の灯に、脂粉の匂ひなまめかしく漂ひ、裂帛の胡弓の音と、甲高い女の唄の声とは縺れて浮いて、人も、物も、家も総てが春の夜の夢

——の如く、動くと見れば動き、静止すと見れば静止す。

この街の美しさには、芸妓の「匂ひ」もまたその形成要素である。異国の街であることからくるエキゾチシズムと共に、脂粉の巷の匂いは、男を誘う匂いとして共通性も高い。

同じように、共通性と違和感とを併せ持つものに、茶の香りがある。漢口と上海で教員生活を送った若江得行の『上海生活』(大日本雄弁会講談社、昭和一七年六月)には、次のような記述も見える。

法国公園に遊ばるゝ人士は、必ず池畔のテイブルに腰を下して、その辺のボーイに菊花茶を持つて来るやうに命ぜらるゝがよい。(略)

サツと熱湯を掛けると、カラ〳〵に乾カラびてゐた菊花が少しづつほぐれて、見る〳〵美しい小輪の菊花と化し、白湯は忽ちに碧緑色と化す。馥郁たる菊の香が人を襲つて来る。(略)

老婆心迄に申し上げるが、上海から内地へのお土産には、やれ緞子だ、やれ骨董だと騒ぐ代りに、須く菊花茶、若しくは香片茶のやうな匂ひの高い、而も価の割合低廉なものをお持ち帰りになつては如何かと愚考する。

この茶の香りもまた、中国らしさを示すものでありながら、日本のそれとの違いをも示すことは、今も変わらないところであろう。

一方、これらとは違い、この国にしかない、特別な匂いの代表としては、阿片のそれを挙げることができよう。支那通で有名な後藤朝太郎の『支那綺談阿片室』（万里閣書房、昭和三年二月）には、次のように書かれている。

阿片は練膏薬式になつたもので黒褐色を呈し、甘つたれたやうな油こいやうな味で、そして麦でも煎つてゐるかといふやうな芳ばしい香気を発してゐるものである。人によつては、いきなり砂糖でも嘗めるやうに食べられるものと考へるものがあるかも知れぬが、こは全く煙草を吸ふ方法と大体似てゐて、矢張りキセル煙管を用ひて火を点じ焦がしながらその煙気を吸ふのである。

このとおり、かなり特殊な匂いである。金子光晴の『どくろ杯』（中央公論社、昭和四六年五月）の中の「猪鹿蝶」には、森三千代が、阿片を吸った翌朝、「においがまだのこっているわ。なにか古風な、奥ゆかしいにおいね。そうはおもわない？」と言うのに対し、「生憎、慢性の肥厚性鼻炎にかかって嗅覚の死んだ私には、そんな臭気についての理解がなかった」と書かれている。

さらに実感的な中国の香りを描こうとしたものに、横光利一の「上海」がある。

横光利一の最初の上海行は、昭和三年四月の約一ヶ月間のものである。作品「上海」（『改造』昭和三年一一月〜昭和六年一一月）の取材旅行とも見える旅行である。「静安寺の碑文――上海の思ひ出」（『改造』昭和一二年一〇月）に書かれた「私に上海を見て来いと云つた人は芥川龍之介氏である。氏は亡くなられた年、君は上海を見ておかねばいけないと云はれたのでその翌年上海に渡つてみた」という動機説明は有名である。ただしここには、芥川がなぜ見て来いと言ったのか、その理由が欠けている。もしこのアドバイスを受けて、それを実現したものが作品「上海」だとするならば、そこに芥川の推薦の理由も類推できるはずである。いったいそれは何だったのであろうか。

この小説については、参木と甲谷という二人の人物を中心に、五・三〇事件の上海を描く、いわば日中関係の危機が中心的主題として扱われることが多い。しかし、この小説の構造を端的に示すのは、参木を中心とした女性関係であることも明らかである。物語はまず、参木とバンド近くの春婦たちの会話を描き、やがて読者は参木に誘導されて、トルコ風呂に向かう。ここで、後に経営者であるお柳に首にされるお杉との出会いがあり、物語は、春婦に身を堕としたこのお杉のもとに参木が再び逢いに来た場面で閉じられている。その最後の場面は、まったくの暗闇の中である。

お杉は眠つてゐる参木の身体のここかしこを、まるで処女のやうに恐々指頭で圧へていきながら、ああ、明日になつて早く参木の顔をひと眼でも見たいものだと思つた。（略）夜毎夜毎に自分の部屋へ金を落していく客達の、長い舌や、油でべつたりひつついた髪や、堅い爪や、胸に咬みつく歯や、ざらざらした鮫肌や、阿片の匂ひのした寒い鼻息などの波の中で（参木の顔が――引用者註）ちらちらと浮き始めると、彼女は寝返りを打つて、ふつと思はず歎息した。（略）
お杉は蒲団の中からそつと脱け出すと、手探りながら杭州の人形と蛇酒と水銀剤とを押入の中へ押し込んだ。それから、抽出から香水を取り出して蒲団の襟首へ振り撒くと、また静に参木の胸へ額をつけて円くなつた。（略）

お杉は参木があのときそれ限り帰らずに、自分を残して家を出ていつてしまつた日の、ひとりぼんやりと泥溝の水面ばかり眺め暮してゐた侘しさを思ひ出した。そのときは、あの霧の下の泥溝の水面には、模様のやうに絶えず油が浮んでゐて、落ちかかつた漆喰の横腹に生えてゐた青みどろが、静に水面の油を舐めてゐた。その傍では、黄色な雛の死骸が、菜つ葉や、靴下や、マンゴの皮や、藁屑と一緒に首を寄せながら、底からぶくぶく噴き上つて来る真黒な泡を集めては、一つの小さな島を泥溝の中央に築いてゐた。（略）――しかし、明日から、もし陸戦隊が上陸して来て街が鎮まれば、またあの日のやうに、自分はぼんやりとし続けてゐなければならぬのだらう。そのときには、ああ、またあのざらざらした鮫肌や、くさい大蒜の匂ひのした舌や、べつたり髪にくついた油や、長い爪や、咬みつく突がつた乱杭歯やが――と思ふと、もう彼女はあきらめきつた病人のやうに、のびのびとなつてしまつて天井に拡つてゐる暗の中を眺め出した。

ここには、匂いを直接表現する言葉は少ないが、それ以上に感覚的に、お杉の置かれた状況が描かれている。事件は、概況だけでは写しきったとは言えないのである。ここに、真実のルポルタージュの目指されるべき到達点があろう。小説でこれを行おうとしたのが横光ではなかったのであろうか。
実は、お杉のもとにたどり着く前に、参木は決定的な「臭い」の体験をしていた。男たちから追われ、橋の上から落ちた参木は、肥船の肥の中に浮かぶ。

——ああ、しかし、船いっぱいに詰つた此の肥料の匂ひ——此れは日本の故郷の匂ひだ。

この強烈な匂いは、参木を、芳秋蘭ではなく、お杉のもとへと向かわせる一つの要因となったのである。このように見てくると、横光の「上海」は、読者にこの街を忠実に伝えるためにか、かなり意識的に、この街の匂いを写した小説であると云えよう。

金子光晴『どくろ杯』——街の体臭と人間臭

先にも少し触れたが、横光とも上海で行動を共にしたことがある、詩人金子光晴の描く上海は、さらに濃密で、現実感のある臭いを発散させている。

四〇年以上も経ってから、『どくろ杯』としてまとめられる、「万国放浪記」シリーズの一篇、「最初の上海行」において、上海は次のように回想されている。

陰謀と阿片と、売春の上海は、蒜と油と、煎薬と腐敗物と、人間の消耗のにおいがまざりあった、なんとも言えない体臭でむせかえり、また、その臭気の忘れられない魅惑が、人をとらえて離さないところであった。

また、同じシリーズの、「上海灘」には、まず、その長崎から上海に渡る定期船長崎丸の船内描写から、早くも臭いで上海が予感されている。

上海航路の二隻は、双生児のようになにからなにまで似ていた。先には、上海丸にも乗ったことがあるので、私は知っているのだが、一般船客の下りてゆく、畳敷きのひろびろとした船艙からタラップのほうへ吹きあげてくる人いきれのにおいまでまったくひとつだ。これが人間といういきものの正真正銘の臭気かもしれない。男や女の汗や、分泌物のにおいのほかに、金盥に吐いた嘔吐物のにおい、なま干きのペンキのにおいなど

――もまじってはいるが、悪臭と言うよりも人間が、人間から浮游することをひきとめる化学薬品の、おそろしく人間離れのした、邪慳なにおいに通じている。

このように、臭いは、金子にとって、彼の人間観を語るレトリックともなっている。一度目に二人で来た時と違い、彼はこの時、一時恋人を作って逃げた森三千代とやり直すために、パリまで行くことを予告して、上海に連れてきていた。到着した時にも、彼は先ずこの街の猥雑な臭いを嗅ぎ取る。

――くすんだ曇天の街の、煙硝とも、なまぐささとも識別できない、非常に強烈だが一種偏って異様な、頑強で人の個性まで変えてしまいそうな、上海の生活のにおいを、私たちの内側まではっきり染みついているなつかしさで一つ一つよびさまさせる。

さらに、「胡桃割り」の章の中では、春になった頃について、次のようにも書かれている。

――街の体臭も強くなった。その臭気は、性と、生死の不安を底につきまぜた、蕩尽にまかせた欲望の、たえず亡びながら滲んでくる悩乱するような、酸っぱい人間臭であった。いつのまにか、私のからだから白い根が生えて、この土地の精神の不毛に、石畳のあいだから分け入って、だんだん身うごきが出来なくなっていくのを私はひそかに感じとっていた。

この時金子は、「上海ゴロ」と呼ばれる人種になりつつある自分を感じ始めている。しかし、ここから脱出しなければならないという思いも同時に持っていた。蟻地獄のように、人間を引きずり込む、魅力と悪徳の力とを、上海は併せ持っていた。この上海の空気が、「街の体臭」や「酸っぱい人間臭」という言葉で捉えられていたわけである。

堀田善衞『上海にて』／武田泰淳「上海の螢」——終戦時の反転と混乱

堀田善衞が、戦時中の一時期、武田泰淳らと共に上海に滞在していたことは有名である。時代は下って一九五七年秋、堀田は、中野重治・井上靖・本多秋五・山本健吉・十返肇・多田裕計などと共に、招かれて再び上海を訪れた。当時はまだ中華人民共和国との正式な国交回復(昭和四七年)前であった。この旅行は、堀田には、戦時中から持ち続けた中国と日本の関係の在り方という問題をさらに強く意識させる体験となった。この問題について、『上海にて』(筑摩書房、昭和三四年七月)の「はじめに」において次のように語っている。

元来、こんなようなことは、小説家としてはなるべく御免を蒙っておいた方が無難であり、ガサも大きく、歴史的に文献をあさりだしたら、それはもう汗牛充棟どころではなく、キリもない、やりきれぬような、厄介限りもない代物である。事実、私は何度も、中国とのことを自分の問題として書いたりするのは、これでやめにしたい、と考えた。おれがそういうことをやるなどというのは土台、不遜である、とも考えた。拙作で言えば、「断層」、「歴史」、「時間」等々の作は、そのいずれを書くについても、これはもうこれでおしまいにしたい、と思いつつ書いて来たものであった。

ところが、そう簡単に「おしまい」にはできなかった。そういう思いで書かれたのが『上海にて』である。同じく「はじめに」には、「一九四五年三月二十四日から、一九四六年十二月二十八日まで、一年九ヵ月ほどの上海での生活は、私の、特に戦後の生き方そのものに決定的なものをもたらしてしまった」と書いている。あの当時の上海体験が、その後一生涯にわたって影響を及ぼすような性格のものであったことは、自ら認めるとおりである。『上海にて』は、「私」が、マラリアと覚しき高熱を出した友人のために、深夜に宣伝部の事務所に薬品を取りにいってやったという場面で幕を明ける（「回想・特務機関」）。事務所はもと「笠松大薬坊」と呼ばれた日本人経営の薬の卸問屋の店を接収したもので、薬品は豊富であった。そこで「私」は、次のようなモノを目にする。

机をぜんぶ片づけてしまった事務所の広い板敷の部屋に、天井までとどかんばかりに、実に種々様々、人間の、いや一目見てわかることなのだが、上海にいた日本人の生活に附属していた、ほとんどあらゆるものが、山とつみあげてあったのに眼を奪われた。日本蚊帳の山、汚れた着物やハカマやシャツ、シュミーズの山、靴の山、フトンの山、鍋、釜の山……。この役所の工作のために必要か、と思われたものは、どこかの喫茶店から押収してきたらしい、日本の流行唄レコード一山くらいのものであった。

これらのほとんどが、引き揚げていった日本人から接収されたものであった。調査にやってきた「調査統計局のキレ者」の青年が言うには、これらはここの宣伝部の人間が、ただ金儲けのためだけに集めたものであるらしい。そしてその事実が「調査」されたということは、宣伝部に内部亀裂等の問題が発生していたことをも意味している。

さて、これとよく似た場面が、同じ堀田の小説「歯車」（『文学51』昭和二六年五月）にも描かれている。主人公の伊能が、或る朝、勤務先の「以前日本人所有の薬品会社を接収した」事務所に出勤したところ、次のような情景が眼に入る。

> 広い事務室の机は、全部片側へ寄せつけられ、部屋の真中には、およそ人間が身に着けるありとあらゆる色とりどりな衣類布類からなる山が床いっぱいにひろげられ、天井にとどかんばかり積みあげられていた。ぷんと異様な匂いさえ発しているのだ。赤い女の着物、破れた蚊帳、洗いざらしの白いスカート、背広、靴、シャツ、子供服、手套の片っぽなどが、くしゃくしゃにまるめられたまま積みあげられているのだが、どれもみな引揚げていった日本人からの没収品であることは一目瞭然であった。（傍点引用者）

以上のとおり、設定は違うが、映し出されている場面はそっくりである。ここには、中国人の生活ではなく、中国で暮らしていた日本人の生活の痕跡が、遺留品という代替物によって、間接的に描かれているわけである。そして小説「歯車」の方のみ見られる、臭いの描写が、その遺留品の生活臭を正しく補強する。視覚的描写と、嗅覚をも加えた描写という相違点が、堀田の回想記と小説という二つの分野を分ける指標となるかもしれない。

そのためにか、堀田の回想記である『上海にて』だけからはそれほど切迫感をもって伝わってこないテロの恐怖なども、「歯車」の描写を対比させながら読むと、急にリアリティを増してくる。このような身体感覚が伴っていたからこそ、堀田にとって、上海体験が、その後の人生に強く影響を及ぼすことになったのであろう。

同じ頃上海に滞在した武田泰淳の絶筆「上海の螢」(『海』昭和五一年二月〜九月)にも、当時の上海の匂いが、微かながらも書き留められている。しかもそれは、堀田の書くような、混乱や汚濁を直截的に指し示すようなものではなかったようである。

例えば、「上海の螢」に、「旧市街とよばれる古い城内の一郭」を案内され、「あのフェアリーランドのあるフランス租界とは、まったくちがった、土臭い空気が、澱み、たまっていた」とある。この「土臭い」空気の臭いは、一見すると、不快なもののようにも見えるが、以下のような同じ表現を読み合わせてみると、少し印象を異にすることに気づく。それは、終戦前の或る日、窪川鶴次郎が上海にやってきた時、武田が蘇州に案内した際の感想である。時勢のために、この「もと左翼の文芸評論家」である窪川は、当時、誰に対しても、安易に本心を打ち明けることを許されていなかった。

寒山寺にも行った。有名な寺の門前は小便臭かった。窪川氏は、どこへ連れて行っても興味を示さなかった。(略)私は、いかにも案内人らしく、彼をいたわるようにして、一軒の小さな飯屋に入った。(略)水郷蘇州でとれた小蝦の料理が運ばれてくる。料理は素晴らしくおいしかった。街の雑踏の中では味わえない、田舎式、郷土色、ともかく土臭い味がした。めずらしく、ゆったりした気分で、二人は向い合っていた。

ここからも窺えるように、土臭さという表現は、旧市街においても蘇州においても、悪い印象を与えるためのものではないようである。西洋と日本とによって、めまぐるしい変転を余儀なくされている中国にあって、彼らは、変わりゆく中国に居て、一瞬、流転の運命から解き放たれた不変の中国の匂いを嗅ぎ、そこに安らぎのようなものを抱いたようである。

このとおり、上海は、常にといってよいほど、変化と不変の要素の間で、揺れ動く都市であった。

若江得行『上海生活』——鼻で嗅ぐ上海

前掲の若江得行の『上海生活』には、昭和一四年から一六年にかけての上海の様子が詳細に描かれている。第一章「上海生活と日本生活」において、まず若江は、以下のように読者に念押ししている。

勿論、本当の上海と云ふものは、東京を一寸許り改造したものとは大分ちがふのである。絵葉書や写真によつて見る上海と、実際自分の目で見、耳で聞き、鼻で嗅ぎ、手や足で触れて見る上海とはちがふのである。

ここで若江は、五官で感じ取ることの重要性について述べている。そうして具体的に記述される上海の匂いは、以下のようなものである。

まず第一章には、街の匂いが以下のように描写される。

　何事にも必要なのは愛である。あのウス汚い河南路にも愛情を以て臨めば、林語堂を俟つ迄もなく、漢籍や、文具や、志那薬なぞを好む日本人の絶好の散歩通りとなるであらう。成程あの通りは不潔である。汚らしい。
　とてもフランス租界のジョッフル路とは比べものにならぬ。雨が降れば降るで下水が流れ出るし、陽が照れば照るで埃が立ちこめ、支那街特有のムッとするやうな油くさい臭ひがする。

　全体的にその臭いをけなし気味ではあるが、これは正しく上海に対する「愛」を伴う視線である。一冊を通じて若江は、とにかく上海を自らの感覚器を以て体験することを読者に勧めている。そうでないと、上海の表層的な姿からは見えてこない、真の上海に触れることはできないと言いたげである。この章の「桜の花も結構だけれども、夜来香の花の匂ひをも一応は嗅いで見て貰ひ度いものである」という言葉にも、先入観にとらわれない、実感を優先する「上海体験のすすめ」が見える。

香炉の話が出たから、一寸香の事に言及するが、水の悪い中国に立派なお茶の色々とある事が有難いと同じく、空気の悪い上海に色々の香を売る店のある事は誠に結構な事である。龍脳香、麝香、沉水香、安息香、龍涎香、乳香、丁香、木香、芸香、甲香、薔薇香露と色々香の名前も多いが、先づ上海の市中で「香」の金看板をブラ下げてゐるところなら何処にでも売つてゐる檀香を少しばかり買つて来て、四、五十仙位の素焼の香炉(之も市中到る処の瀬戸物屋に売つてゐる)に入れてくゆらして見るのが面白からう。突如として幽香あたりに薫じ、得も云はれぬ気持がするのである。

たゞ、匂ひの事に就て、老婆心ながら附言すれば、毎年八月の上旬から十月の下旬にかけて市に上る夜来香の花だけは、どんな事があつても買洩らしてはいけないのである。あの茎のヒヨロ長い、六つの花弁を附けた長細い白い花を昼間書斎の壺や花瓶の中に挿して置いたところが、大して眼の保養になるではなし、一向花らしい匂ひもせぬ。それが夕方の五時を過ぎる頃から、実に蒸せるが如き妖艶な匂ひを発して来る。夜中にフト目を醒すと部屋中が香水をフリ撒いたかと思はれる程悩ましく匂つてゐるのである。

第三章「上海生活の芸術化」にもこの夜来香の香りは登場する。

上海に漂う香の香りに触れながら、このようなやや人の手の加わった香りも確かに上海を代表するが、より魅力的なものとして、花の香りを一番のものとして奨めている。花は通常はその姿をも愛でるものであろうが、若江にとっては、あくまで匂いを楽しむものなのである。同じ章には、以下のようにも書かれている。

殊に、匂ひを発する花に対しては、特別に気を附ける必要がある。写真や絵画で間に合ふ花は大したことではないが、自分の鼻を近寄せねば、その匂ひの分らぬやうな花、色よりも香のすぐれた花を愛でんとするならば、その花の咲く前後には、ウツカリ病気も出来ず、風邪も引けぬ。一枝の花の香を愛づる余りに、平生身体を大切にして置くと云ふことも、亦是風雅なことではあるまいか。
更に、もう一言匂ひに関して附言するならば、凡そ五官の楽しみの中で最も人をして狂蕩せしむるものは匂ひである。花と云ひ、茶と云ひ、煙草と云ひ、宋版の書と云ひ、墨と云ひ、酒と云ふも、若し之に匂ひが無かつたらどうであらう。（略）
私等は、常住坐臥、枕席机辺より香を放つやうな工夫を凝して置き度いものである。

或ひは、季節々々に、香しい花を絶やさぬのも一法なら、安くていゝ香のする香を欠かさぬのも、一法である。

白檀の扇子を絶えず座右に置いて置くのもよく、磨ればいゝ匂ひのする墨を机上に何時も用意して置くのも一法である。時折、紅毛の書を嗅いでエキゾテイックな匂ひを娯しむのもよい。立派な音楽も、優れた文章も結構であるけれども、あゝ匂ひの無い生活、匂ひの無い世界は、寂寞遣る方も無いではないか。

このとおり、花に限らず、扇子や墨、書物の匂いにまで言及する若江は、そもそも、嗅覚の人だったようである。花があり、茶があり、漢籍なども豊富にある上海は、若江の好みに十二分に応える都市であったといえよう。

林京子『上海』——三六年の時を隔てて

林京子は、父が三井物産の上海勤務であったために、昭和六年から昭和二〇年三月までの一四年間を、家族と共に上海に過ごした。これは林が満一歳にも満たない歳から、一四歳までの、幼時から少女期の時代に当たる。後の昭和五六年に、林は、機会があって「上海——蘇州五日間の旅」に参加することになる。『上海』（『海』昭和五七年六月〜昭和五八年三月）は、この際の旅行記であると共に、かつての上海生活についての回想記でもある。上海の空港に降り立った際の様子を、林は次のように描写している。

私はタラップに出た。水気の多い空気が、じっとりと体を包んだ。私は、慎重に最初の息を吸った。空気に、匂いがあった。着なれた夜具の、吐く息で湿った、衿もとの匂いに似ている。これが人口千百万の人たちが呼吸する、上海の匂いなのか。私が住んでいた当時の上海の人口は、六百万か七百万だったろうか。解放時の一九四九年の人口が約八百万という。その時から三百万、四百万もの人が増え、上海は、濃密な匂いをもった街になっている。むかしも、上海独特の匂いがあった。しかしタラップの下から湧いてくる匂いは、私の記憶にない、上海の匂いである。

このとおり、林は、三六年ぶりの上海を、まず匂いで感じ取り、かつての上海の記憶と比較している。このような、現実と記憶の往還が、この作品の枠組を作り上げている。

林は、上海から帰った年の夏八月九日に、長崎で被爆する。したがって、林の上海時代とは、被爆する前の林を指し示す。林にとって、三六年の隔たりとは、唯の時間の隔たりではない。昭和四七年九月の日中国交正常化の共同声明発表と、昭和五三年八月一二日の日中平和友好条約の調印とに代表される、公的な大きな歴史の隔たり以上に、林自身の個人史を分けた歴史の隔たりでもあった。再訪した上海の姿に、林が通常以上の感慨をもって接しているのも頷けるところである。

「四平新村と上海神社」という章においては、「小水の匂いがにおってきそうな、むかしの面影を残している石道」という表現が見える。また、「かしわ餅が作れる中国人」の章には次のような記述もある。

閑散とした虹口マーケットは、日曜日の朝の喧噪な活気を、私の内によみがえらせてくれた。(略)

散々文句をいったあげく、品物を計らせ、それでも買わない客もいた。そんなとき店主は、天秤と品物を放り上げて、客をののしった。天秤の金具が、じゃらじゃら鳴った。棚を叩く、鈍い木の音もした。パンの香りもした。ニラの匂いもした。音、香り、色、人、土と海と空との生命、総てが雑然と多彩に溢れながら、なぜか高曇のマーケットのなかには、冴えた空虚な、物悲しさがあった。

ここに描かれたかつての三角マーケットの記憶にも認められるように、林の目には、現在の上海が、常に過去のそれと二重写しになっている。のみならず、その映像には、かつての音や匂いまでが伴っているようなのである。

もう少し林の視線の先を追ってみよう。「ブロドウェイマンションとジャズ」の章である。

井戸に次いでみつけたのが、モードンである。一軒の家の戸口に、モードンが干してあった。モードンがある、と私は小村に教えた。あれが便器なの、と小村が不思議そうにいった。（略）モードンとモードンを洗う風景は、かつての上海の朝の風物詩だった。排泄物の臭気は路地の隅々まで満ち、アンモニアの臭気が目と鼻をついた。一日に溜った家族の排泄物を、市政府か工部局から集めにくる木車に空けて、モードンを洗うことから、女たちの一日ははじまった。（略）朝日が当る裏口や戸口に、必ず、うるし塗りの赤いモードンが、水滴をつけて干してあったものである。

ちなみに、ここに書かれた「小村」とは、ツアーの一行の一人である小村峰子という女性である。彼女は、上海訪問は初めてであった。
林は、蘇州で見かけた一七、八歳の娘の髪に飾られた花の香りについても書いている。「バレイホーとキャラメル」の章である。

上海の路地にも、バレイホーをよく売りにきた。平ざるに濡れた布を敷いて、花が枯れないように、その上に花を並べていた。バレイホー売りは、たいてい女だった。香りが高い花で、香りも花の形も、フリージァに似ていた。いま娘が髪にさしている小粒の花は、私はみたことがなかった。バレイホーは、白い花の意味だと思う。生の花なので、高かったようである。（略）花の首に針がねを通して、服や髪に飾れるように細工してあった。（略）路地の女たちは、朝早く売りにくるバレイホーを買って、胸に飾り、モードン洗いの日課にとりかかる。夕方になると、白い花は茶褐色にしおれていた。それがいかにも、大地の呼吸に従って生活をする、中国の人たちのようで、私は好きだった。

ちなみにこのバレイホーについては、芥川龍之介の「上海游記」二一「最後の一瞥」（『支那游記』改造社、大正一四年一一月）にも書かれている。

私は煙草の箱を出しに、間着のポケツトへ手を入れた。が、つかみ出したものは、黄色い埃及《エジプト》の箱ではない、先夜其処に入れ忘れた、支那の芝居の戯單《シイタン》である。と同時に戯單の中から、何かがほろりと床へ落ちた。何かが、――一瞬間の後私は素枯れた白蘭花《バレエホオ》を拾ひ上げてゐた。白蘭花はちよいと嗅いで見たが、もう匂さへ残つてゐない。花びらも褐色に変つてゐる。「白蘭花、白蘭花」――さう云ふ花売りの声を聞いたのも、何時か追憶に過ぎなくなつた。この花が南国の美人の胸に、匂つてゐるのを眺めたのも、今では夢と同様である。私は手軽な感傷癖に、墮し兼ねない危険を感じながら、素枯れた白蘭花を床へ投げた。

また、横光利一の「上海」にも、「物売りの籠に盛られたマンゴや白蘭花《バーレーホ》が、その洗濯物の下を見え隠れしながら曲っていった」と書かれている。これらには、共通して花売りから買った白蘭花が書かれているが、この花にはもう一つ喚起させるものがあった。夜の街の女たちである。

芥川の「上海游記」一六「南国の美人(中)」に紹介される、洛娥という芸者は、「黒い紋緞子に、匂の好い白蘭花を挿んだきり、全然何も着飾つてゐない」という。また、横光の「上海」にも、ダンスホールの踊子の宮子について、以下のような記述が見える。


刺戟の強い白蘭花が宮子の指先きで廻されると、曙色の花弁が酒の中に散らかった。彼女は紫檀の円卓の上から花瓶を取ると、花の名前を読み上げながら朝ごとの花売の真似をし始めた。

「鶏子花《チーツーホー》、岱ヶ花《デーデーホー》、玫瑰花《メイクイホー》、白蘭花《バーレーホー》、バーレーホッホー、メーリーホ、まア、今夜は暑いわね。あたし、こう云ふ夜はきつと白菓の夢を見るに定つてゐるの。」

彼女は花弁で埋つたコップを参木に上げて飲みほすと、身体を反らして後の煙草を捜し出した。めくれ上つたローブの下で動く膝。空間を造つてうねる疲れた胴、怠惰な片手に引摺られて張つた乳。――

参木はいつの間にかむしり取られた白蘭花の蕚だけを、酒の中で廻してゐた。

白蘭花は、あたかも女たちの香水であり、またその一夜だけ綺麗に咲く属性が、夜の女たちを象徴することもある。

林京子の「上海」に戻る。林の「上海――蘇州五日間の旅」の最後の夜のホテルは、上海の外灘から二時間ほど黄浦江を下った、揚子江との合流地である呉淞にあった。このホテルで、珍しく浴槽の蛇口から勢いよく水が出た際も、林は、以下のように嗅覚と記憶作用とを連動させている。「母なる揚子江」の章である。

揚子江だもの、と私がいった。小村は本気にして、ふーん、と首をふっていった。子供のころに想像したことなのだ、と私は笑っていった。だけど匂いがするよお、と小村が蛇口に鼻を近づけていった。水に泥の匂いがしていた。

子供のころの上海の水道の水は、少し濁っていた。泥の匂いもしていた。コップに汲んだ水を陽にすかしてみると、淡い褐色をしている。（略）錯覚にひたって蛇口をひねると、揚子江の水を、蛇口に束ねてしまった興奮があった。

狭い浴室に水の匂いが広がっていった。

さて、このように、過去と現在とを往来するこの作品の構造を、林自身が作中に端的に語っている。「人民公社の卵料理」の章である。

成田空港を発って以来、私は三十数年前と今との間を、往ったり来たりしている。往ったり来たりしているのは記憶と思考で、実際は、迎えた瞬時に終る、時が在るだけである。父がいて母がいて、四人の姉妹が家族として生活していた上海時代。見るもの聞くもの、味わうもの、肌に感じる風と温度と湿度と、あらゆる今が、過去の家族に結びつく。そのたびに胸をときめかせ立ち止りながら、しかし訪ねれば訪ねるほど、無くなった日々を知るだけだった。

なぜ上海‐蘇州五日間の旅に参加したのか。少女期に過した過去の地を、確かめるためだった。黄浦江の流れに、金褐色の土の粒子が本当に浮いてみえるか。汗ばんで、ふっと憩った日陰の風の冷たさ。あの記憶に違いがないか。（略）

過去をたどれば、時の経過は否応なく現われ、時の経過を認める以上、時代の移りも顕わになる。それでも、堤防に胸を寄せて、大陸の陽の暖かさを直に肌に感じ、水の匂いを嗅いだとき、私は子供のころに戻って感動した。同時に、予期しなかった虚しさにも襲われ、過去は感動と共に、死物になっていった。

上海を再訪することは、その土地の記憶を記憶のままに留めることを止め、そこにもう一度自らという主体を位置づけ直す作業である。そのために、記憶の上海は、否応なく現在の上海との距離感や対比で測られることになり、過去の上海のまま純粋に存在し続けることができなくなる。林のいう「死物」とは、このような上海時代の記憶の変質を指すのであろう。これは、再訪という行為のもたらす記憶の変質という必然的な作用である。

確かにこれらは、林の、林独自の体験からもたらされた感慨ではある。しかしながら、過去に向かう人間の視線というものは、概ねこれに共通するものではなかろうか。林が、たった五日間の旅で感得したことは、記憶があくまで記憶でしかないこと、そしてそれが追体験によって喪失されるようなものであるということであった。

そしてこのように、確かであると思っていた記憶が、追体験により、正しく記憶の彼方に追いやられ、それが到達不可能なものであるという事実を思考させるに到った後には、例えばこの記憶の共通性や違和感に強く関わっていた匂いという要素もまた、実在の疑わしいものであることが予想されることになる。匂いは、記憶を想起させる機能を持つというが、それはあくまで、現在時の匂いの機能であり、それが記憶の中の匂いと同じであるという保証はない。現在における匂いの機能だけが本物であって、かつての匂いは、どこまでいっても再現など出来ないのである。匂いによる記憶の仕組についても、再考が求められる。

このことを読者に考えさせるかのように、林の「上海」の最後は次のように締め括られている。「母なる揚子江」の章である。

白や水色の帽子をかぶったツアーの仲間たちが、宝山賓館前の広場に集まっていた。（略）私は頷いて、一人で広場のはずれまで歩いて行った。そこは、揚子江により近い場所に思えた。水の匂いがしているように思えた。静かに匂いを吸いながら、私は、自分の旅が終ったことを知った。またいつの日か、上海を訪ねることがあるだろうか。訪ねたとしても私は、十四年間生活をした上海を、純粋に想うことが出来るだろうか。

十四年間の、上海の生活に加えるつもりで旅発った旅は、過去に加算出来ない五日間になっていた。私は、私の十四年から切り離されてしまった上海の朝を、暫く眺めていた。

過去と現在時とを繫ぐつもりでいた旅行が、結果的には、過去と現在時との断絶を、殊更に明らかにしてしまった。上海の匂いもまた、過去と現在時の共通性のためではなく、むしろ断絶のために、強く機能していたかもしれないのである。

column 4

大阪の匂い

街には、それ自身に匂いがあるのであろうか。例えば大阪の街の匂いとはどのようなものであろうか。

表層的に漂う他のものの匂い、例えばたこ焼きを焼く匂いなどが総合されて、街の匂いを作り上げているのであろうか。

上司小剣の「鱧の皮」(『ホトトギス』大正三年一月)は、道頓堀の川沿いにある、讃岐屋という鰻屋の女主人お文の物語であるが、彼女が叔父の源太郎と法善寺裏の細い路次へ食べに行く場面がある。

其処も此処も食物を並べた店の多い中を通つて、この路次へ入ると、奥の方からまた食物の匂が湧き出して来るやうであつた。

このとおり、大阪、特にミナミの道頓堀界隈は、食物の匂いが溢れている。

織田作之助の「夫婦善哉」（『海風』昭和一五年四月）にも食物屋が数多く登場することはよく知られているが、その匂いが最も自己主張しているのは、蝶子がヤトナ芸者で稼いで柳吉の待つ黒門市場の中の路地裏の二階借りの部屋に帰る、次の場面であろう。

夜更けて赤電車で帰つた。日本橋一丁目で降りて、野良犬や拾ひ屋（バタ屋）が芥箱をあさつてゐるほかに人通りもなく、静まりかへつた中にたゞ魚の生臭い臭気が漂うてゐる黒門市場の中を通り、路地へはいるとプン〳〵良い香ひがした。

山椒昆布を煮る香ひで、思ひ切り上等の昆布を五分四角ぐらゐの大きさに細切りして山椒の実と一緒に鍋にいれ、亀甲万の濃口醬油をふんだんに使つて、松炭のとろ火でとろ〳〵二昼夜煮つめると、戎橋の「おぐらや」で売つてゐる山椒昆布と同じ位のうまさになると柳吉は言ひ、退屈しのぎに昨日からそれに掛り出してゐたのだ。

柳吉は、食べ物にかけては、とにかく尋常でないこだわり方を見せた。この匂いが、黒門市場に漂っていたのである。

宮本輝の「道頓堀川」（『文芸展望』昭和五二年四月、のち大幅加筆）にも、大阪をよく知る人には懐かしい香りが書かれている。心斎橋筋のそれである。

相変わらずの人の流れであった。邦彦はついぞ感じたことのない、何かに烈しくせきたてられているような焦りと不安に包まれながら、人混みの中を蹣跚と流れて行った。茶を売る老舗の店が近づいて来、その周辺に絶えずたちこめている粉茶の匂いの中に入った。それはそのときの気分しだいで、立ち停まってあらためて吸い込んでみたくなるような芳香であったり、我知らず足を速めて立ち去ろうとさせる寂しい哀しい匂いの塊りであったりしたが、いまの邦彦にはどちらでもない、霧散も揮発も沈殿もせず、ただひたすらその一線でゆらめいているぶ厚い匂いの扉に思えるのであった。

そこから南に向かえば道頓堀であり、北へ戻れば別の土地であった。自分はこの強烈な粉茶の匂いの扉を通って、無縁の人々のうごめく泥溝のほとりに還って行くしかない、どこにも行くところはない、知らず知らずのうちに、自分はそこに迷い込んでしまったと思った。

ここでは、心斎橋筋に漂う茶の匂いが、目に見えない境界を作っている。

法善寺横丁の水掛不動の線香の匂いや、船場の衣料の匂いなど、大阪にも、もっと他にも匂いはある。それらは、街そのものの匂いである以前に、それぞれの大阪を歩く人々の中に事前に用意された、嗅ぐべくして嗅がれる匂いのようである。それにしても、食べ物を一番に想起するというのは、やはりこの街の性格を強く反映してのことであろう。

第5章

匂いと嫉妬

昨夜の伊都子の残り香がまだ漂つてゐる筈だつたが、煙草の匂ひがそれを消してゐた。

「香をたく代りに、煙草をたいてるのね。」

と、冴子はちよつと気の利いたことを言つた。

（織田作之助「夜の構図」）

薄田泣菫「女房を嗅ぐ男」――嫉妬の矛盾

薄田泣菫に、「女房を嗅ぐ男」(『太陽は草の香がする』アルス、大正一五年九月)という、随筆とも小説ともつかない小品がある。一人の若い理学士が、結婚し、妻が実家へでも帰ってきたりすると、「でも、男の匂ひがするぢやないか。誰か男に会つて来たらう。」と、妻の体を嗅ぎ回す話である。理学士の嗅覚は鋭く、外出先で電車などで隣に座っただけでも、その匂いを嗅ぎ当てる。妻も、嫉妬されることに幸福を感じ、やや挑発的に、外出すると、若い男のそばにばかり行くようにする。しかしながら、あまりに夫が病的になってきたので、後悔する、という話である。話は以下のようなオチがついている。

病的な鼻の鋭敏さが、病的な良人の心に消しがたいまで暗い影を投じて居るのに気がついた時は、妻は一寸した好奇心から、あまりに悪戯に深入りして居る自分を悔まなければならない時でした。妻は良人のかうした病癖を治す為に、色いろ心を砕いて、自分にも成るべく若い男なぞの側へは寄らないやうにしました。(それは良人を治すためばかりではなく、女自身の浮気を防ぐ為にも必要だつたかも知れません。)だが、良人はそれでもまだ妻の体を嗅ぎ廻して、会つた男の詮議だてをする事を忘れません。妻はほとほと当惑しました。その揚句、妻はたうとういい事を発明しました。それは自分のたしなみとして、いつも香度の強い香水を身につけるといふ事です。これにはさすがに鋭敏な良人の鼻も痺れてしまったかして、良人は顔をしかめながら、

『きつい匂ひだな。』

と、たつた一言いつたきり、会つた人の詮議立はもうしなかつたさうです。妻は初めてほつとしました。

『これならどこで誰に会つたつて、ちつとも構はないわ。』

女は腹の中で、内証でこんなことを思つたかも知れません。思つた事だけは、誰にだつて嗅ぎつけやうはないのですから。

この結末からは、かなり複雑な意味合いが見出せる。一つは、良人が、香水でごまかした妻に対して、会った男の詮議立てを二度としなかったということから明らかなように、どうやら良人にとって、嫉妬をしながらも、その男の匂いを嗅ぎつけることに、むしろ楽しみがあったという点である。この良人の嫉妬という心の動きは、二律背反的で、二重拘束的な志

向をもつ。良人は、おそらく、妻に、男のそばに行ってもらいたくないが、匂いをつけるために、男のそばに行って欲しいのである。

この良人に限らず、嫉妬心には、このような二重拘束的な気持ちが往々にして見られる。例えば、夏目漱石の「行人」（『東京朝日新聞』大正元年一二月六日～大正二年一一月一五日）において、一郎が、妻と弟の二郎に、共に旅行に行かせる行動などは、その典型であろう。

もう一つ、妻の側にとっては、香水をつけるという行為が、良人の匂いを嗅ぐという習癖を治すために選ばれてきたもので、良人のための行動であったはずが、結果的に、あるいは意図的に、それは、もう一度良人を苦しめるための、すなわち別の形で嫉妬させる行動となるという、逆説である。

おそらく妻は、当初は、自分が浮気してしまう危険性を遠ざけるという、いわば良人のための行動として、男に近づく代わりとしての香水という隠れ蓑を手に入れたはずであったのが、そのために、より容易に浮気が可能な状況を手に入れてしまったのである。

この小品においては、一見すると、良人が匂いに関しての変質的な病癖を持つ人間であり、妻はその被害者のようにも見えるが、作者が書きたかったことは、どうもそうでもなさそうに思える。良人は、鋭敏な鼻を持ったため病癖と見えてはしまうが、とにかく妻への愛情を一途に表すのに対し、妻の方は、やや意地悪く見るならば、当初から良人をからかい、常にその眼をごまかして、浮気をすることを望んでいる、実のところはかなりの悪女であったという可能性は高いようなのである。

あるいはこれも、嫉妬というものが先験的に持つ二重拘束的な性格によるものであり、世の嫉妬に苦しむ大抵の男女に見られる逆転現象かもしれない。

この小品において、匂いは、妻の浮気相手の登場などという直接的な出来事を招来しない段階であるだけに、よけいに良人を苦しめたのかも知れない。そこには、一方で、決して登場しはしない、想像上にのみ存在する男が前提され、その代替物としての匂いが良人に届けられている。匂いは、浮気相手の属性を代表するが、その相手の像は明らかではない。この点が、「行人」の構造とはやや相違している。しかし、その一郎もまた、二郎の積極的な思惑より、妻の心の動きの方をより大きく問題にしている以上、二郎は、いわば、間接的で抽象的な「男」の属性の一部であるとすることもできる。そうならば、二郎は匂いと同じ役割を担う存在かもしれない。

匂いは、目に見えないものであることから、よけいに想像力をかき立てる。このことを考えるに、「源氏物語」の昔を思い起こすまでもなく、現代の男女の間の愛情が、如何に視覚重視の傾向に堕しているかを、匂いは我々に再認識させてくれるであろう。

織田作之助「夜の構図」——腋臭と嫉妬

織田作之助の「夜の構図」（『婦人画報』昭和二一年五月〜一二月）には、女の腋臭が描かれている。主人公は、新進劇作家である須賀信吉で、彼は大阪から、自作の脚本が、東京劇場で上演されるので、総稽古を見るために東京にやってきて、「第一ホテル」に泊まっている。そして九州から伯父と共に上京していた伊都子という女性とホテルの喫茶室でふと出会い、信吉の部屋で関係を持つことになる。第一章には次のように書かれている。

> 雨が鋪道を濡らしてゐた一時間、信吉はホテルの第四五三号室のベットの上で、見も知らぬ行きずりの女の体を濡らしてゐたのである。
> 娘は中筋伊都子といふ。十九歳だが、雀斑が多いので二十二歳に見える。少し斜視がかつて、腋臭がある。（略）
> 十時にお伺ひしますとは、今夜信吉の部屋へ忍び込んで来るといふ意味だ。新吉はふ

――と伊都子の腋臭のにほひを想ひ出した。

その後、それぞれの用のためにいったん別れ、その日の夜、約束の一〇時を一時間も過ぎた頃、二人は再び信吉の部屋で会う。第四章である。

――蜜柑の房を口に入れたやうな感触、そして咽喉の奥から上つて来る情欲の匂ひのやうな口臭、湯上りの匂ひにまじつた腋臭の匂ひ、勢一杯の娘の生きた匂ひであつた。

――伊都子には、あまり気乗りしない結婚の許婚が居た。この許婚と会うことがこの旅の大きな目的であり、次の日には九州に帰ることになっていた。翌朝、ホテルの食堂で、信吉は、たまたまこの許婚に煙草の火を借り、後に伊都子からその男が許婚だと知らされることになる。そして、伊都子は伯父たちと共に帰って行く。第五章である。

――許嫁の視線は信吉の胸をチクリと刺して新たな悔恨があつた。が、ふと、あの男がやがてあの伊都子の亭主となつて、伊都子のなやましい腋臭のある体を抱くのかと思ふと、伊都子が四五三号室のベッドの上で見せた数々の肢態や、燃えるやうな愛撫や「須賀さん！　須賀さん！」と呼びつづけてゐた絶え入りさうな声が、なまなましく想ひ出されて、

「もうあの娘には二度と会ふこともあるまい……。」

といふ取りかへしのつかぬ想ひが、かへつて悔恨をすくつて、何か甘い気持だけが残り、信吉はふと右の手を鼻の先へ持つて行った。

そして、伊都子の匂ひ……といふよりもむしろ、人間の浅ましい交渉の匂ひのかすかな残り香を嗅いでゐると、女のあはれさが、はや信吉を憂愁の感覚でとらへてしまつた。

そのくせ、信吉は昨夜約束した江口冴子の来るのを待つてゐたのだ。

これは一体何であらう。

伊都子の許婚に少し嫉妬しながら、一方で信吉は、劇団の女優である江口冴子に、早くも興味を移しているのである。この二人の女の間で迷う男の姿は、一見、もてる男のダンディズムのようであるが、その実は、滑稽なコキュのものでもある。伊都子については、執拗に、その匂いが書き留められている。第六章の冒頭は以下のとおり脚本仕立てである。

例によって、四五三号の信吉の部屋。

昨夜の伊都子の残り香がまだ漂つてゐる筈だつたが、煙草の匂ひがそれを消してゐた。

「香をたく代りに、煙草をたいてるのね。」

と、冴子はちよつと気の利いたことを言つた。


しかし、冴子は実は初心であり、この時は接吻もしない。信吉は冴子にかなり惚れ込む。ところが、第一一章において、その朝東京を発っていったはずの伊都子が、思いがけずホテルに戻り、信吉の部屋にやってくる。信吉は、次の日冴子がやってくる約束を思い出し、困惑しながらも、以下のような気持ちになる。


そして、更に驚くべきことには——

あはれだと思ひ、そして、ゐてくれては困るといふ女の腋臭のにおひを嗅いだ途端信吉はいきなり醜い本能にかられたのだ。

翌日、二人が鉢合わせすることは避けられるが、信吉は、朝、部屋を出て行く伊都子に、「みごとな登場人物！」「やられた！」と思っている。ここには、複雑な形で、信吉の嫉妬心が描き込まれている。

同じ織田作之助の「中毒」（『新生日本』昭和二二年一〇月）は、主に煙草について書かれた作品であるが、ここにも、女、特に嫉妬と結びついた匂いが書かれている。

高等学校へはいつても、暫らくは吸はなかつたが、一年生の終り頃、私はある女の口の煙草のにほひに魅力を感じた。私はその女と会はないでゐる時はせめて煙草のにほひをなつかしまうと思つた。（略）

口に煙草のにほひのある女とは、間もなく別れた。その当座、私は一日二箱のキングを吸つて、ゲエゲエと吐気がした。私は煙草をよさうと思つた。新しい女が私の前に現はれたのだ。

彼女はいつも仁丹を口にしてゐた。（略）ある日、私に葉巻をくれた。そのパトロンに貰つたのだらう。ロンドといふ一本十銭の葉巻だつた。吸つてみると、白粉の匂ひがした。化粧品と一緒にハンドバッグに入つてゐたためだらう。

私は彼女のパトロンは葉巻を吸ふやうな男だから、恐らく彼女をホテルへ連れて行くだらうと思つた。（略）仁丹を口に入れて、ポリポリ嚙みながら、化粧して、それから、ベツトへ行くだらう。パトロンの舌には半分融けかかつた仁丹がいくつもくつつく……。しかし、パトロンは気づかない。

私は想像して、たまらなかつた。半分融けかかつた仁丹が、劇薬だつたらと思つてみたりした。私は彼女と会ふことをよさうと思つた。べつに惚れてゐるわけでも深い関係があるわけでもなかつた。パトロンのある女なんか……と、軽蔑してしまへばよかつたのだ。ところが、ますます会ひたくなつた。私は約束の時間より早い目に行き、いつも待たされる男だつた。待つても来ない時があつた。パトロンと会うてるのだらうか。さう思ひながら、待つてゐる間、私は煙草ばかり吸つてゐた。その酒場へ行つても、彼女がほかのボツクスへ行つてゐる間は、いらいらと煙草を吸つてゐた。夜、彼女がパトロンと一緒にゐる光景がちらついて、眠れず、机の上に腹ばひになつて、煙草ばかし吸つた。私の喫煙量は急に増えて行つた。

この、時間つぶしのはずの煙草が、女への欲望と結びついていることは明らかである。そこには、煙草の匂いも染みついていたであろう。それが、嫉妬心と結びついているところが、織田作らしい点である。織田作は、「競馬」(『改造』昭和二一年四月)に代表されるように、嫉妬を描くことの多い作家である。嫉妬には、男の殊更の想像力が働く。その際、匂いと結びついた想像は、次の時に再現されやすいのであろう。匂いは、嫉妬心をますます煽ることになるわけである。

川端康成「眠れる美女」——無反応なるものと記憶の対比

川端康成の「眠れる美女」(『新潮』昭和三五年一月〜昭和三六年一一月)は、既に「男」ではなくなった(はずの)老人たちに、薬によって眠らされ続けている「眠れる美女」のそばで一夜添い寝することを提供する館の物語である。無反応の美女たちは、老人たちに語りかけることもなければ、手を差し伸べることもない。ただ、彼女たちの匂いだけが、やや積極的に自己主張しているかのようである。

小説は実に緊密に構成されている。五章からなる物語は、主人公である江口老人がこの「眠れる美女」の館に訪れる五夜に対応している。さらに、それぞれの夜に江口は、それぞれの美女たちの個性に誘発されて、それぞれ夢や記憶の中で、過去の女たちを思い出すという仕組になっている。

物語の構造としては、基本的には、添い寝と、それに触発されて想起された過去の女との物語が、五夜繰り返されるわけであるが、当然ながら、同じ事が五回も繰り返されれば、どんなに特殊な設定であってもやはりやや退屈な物語になってしまう。そこで作者は、五夜にとにかく変化を与えることを念頭に置いて物語を書き進めることとなろう。その際にまず試みられる方法は、それぞれの夜の美女の個性の違いや、想起される過去の女たちの記憶の違いの描き分けなどであろう。ここでは、如何に読者を飽きさせないかが、作者の腕の見せ所となる。

この作品において特筆すべきは、この描き分けが、人物それぞれの視覚的な個性の描写と共に、多くの場合、その匂いによっても為されている点にある。

まず、「その一」の娘は、次のように書かれている。

江口は娘のあらはな肩をふとんにおほひかくして、目をつぶつた。娘の匂ひがただよふうちに、ふつと赤んぼの匂ひが鼻に来た。乳呑児のあの乳くさい匂ひである。娘の匂

ひよりもあまく濃い。「まさかね……。」この娘が子を産んでゐて、乳が張つて来て、乳首から乳がにじみ出てゐるはずはあるまい。（略）また、この娘がもし二十前だとして、まだ乳くさいといふ形容があたらなくはないにしても、もはやからだに赤んぼのやうな乳くさい匂ひのあるはずはなかつた。じじつ女らしい匂ひがしてゐるだけである。しかし江口老人は今の今、乳呑児の匂ひをかいだことはたしかだ。つかの間の幻覚であつたのか。（略）

娘の鼻でしてゐた息よりも、口でする息は匂ひがあつた。しかし乳臭くはない。どうして乳の匂ひがふつとしたのか老人はふしぎだと考へてゐると、この娘にやはり女を感じた匂ひかと思へた。

そしてこの娘の匂いが、江口を、その乳くささにまつわる過去の女の記憶へと誘う。

江口老人には、今も乳呑児の匂ひのする孫がある。その孫の姿が浮かんで来た。三人の娘たちはそれぞれかたづいて、それぞれ孫を産んでゐるが、孫たちの乳臭かつた時ばかりではなく、乳呑児だつた娘たちを抱いたことも忘れてゐはしない。それらの肉親の赤んぼの乳臭い匂ひが、江口自身を責めるやうに、ふつとよみがへつて来たのだらうか。いや、眠つた娘をあはれむ江口の心の匂ひであらう。（略）

「乳臭いわ。お乳の匂ひがするわ。赤ちやんの匂ひだわ。」江口の脱いだ上着をたたみかけてゐた女は、血相変へて江口をにらみつけたものだつた。（略）

女はなじみの芸者である。江口に妻のあることも子のあることも、万万承知してゐながら、乳呑児の移り香が女のはげしい嫌悪となり、嫉妬を燃やしたのだ。

このような思い出を喚起させた娘の個性は、「娘の口の匂ひ、からだの匂ひ、髪の匂ひは、強い方ではなかつた」と、匂いの特徴において念押しされている。

「その二」の娘は、案内する女に「この前の子よりなれてをります」と紹介される。江口も読者も、寝ているだけで、なれているとはどういうことなのかと謎をかけられる。

江口は立って隣室の戸をあけると、そこでもうあたたかい匂ひにあたつた。（略）

匂ひがこかつた。（略）目のつぶりやうからして、若い妖婦が眠つてゐると見えた。

江口が離れてうしろ向きになつて着かへるあひだも、娘のあたたかいにほひがつつんで来た。部屋にこもつてゐた。（略）娘にふれるのがほんたうに惜しくて匂ひのなかにうつとりしてゐた。江口は香水になどくはしくはないが、この娘そのものの匂ひにちがひないやうだつた。（略）髪の匂ひが強くなつて来た。電気毛布のぬくみのせゐもあつて、娘の匂ひはしたからも強くなつて来た。（略）娘の肩の匂ひ、うなじの匂ひが誘つた。娘の肩や背の下まで縮まつたが、すぐにゆるんで老人に吸ひつくはだだつた。

この娘の「目玉にしみ通る」はだの匂いは、その妖婦のような姿の形容と呼応している。江口はこの娘の匂いに刺戟されて、いったん、「この家の禁制」を破ろうとする。江口は実はまだ「男」であった。しかし、やめる。時に男を暴力的にもさせてしまう女への強い征服欲と、優しさを伴う理性的な逡巡との均衡が、あらゆる場合の男女の関係に見られるものであろうが、江口が未だ「男」であるところの老人という設定により、その均衡のバランスは、若い男女の物語よりもむしろ増幅されて読者に伝わるであろう。そしてさらに、その相手の女が、無反応な「眠れる美女」たちであるがゆえに、この老人の欲望と逡巡とは、一方的な感情として、老人の中で誇大化され、いわば妄想化する。しかしこの暴れ馬のような危険な想像は、江口の理性的造型、何より物語の主人公であること、彼が老人であることなどの檻によって何重にも囲い込まれている。そもそもこの館という特殊な性愛の空間は、いわば安全弁を付された形で現出させられていたわけである。

そして、その妄想的な豊饒な想像は、江口にとっては、常にといってよいほど匂いによって呼び出されるものだったのである。

「その三」の娘は、今度は「見習ひの子」と紹介される。ここでも、読者と江口とは、「見習ひ」などということがあるのかという疑問を抱かされる。この娘は、「未熟の野生の温かさのやうだつた。髪や肌の匂ひで、さう感じるのかもしれなかつたが、さうばかりではない」と書かれ、「十六ぐらゐかな」と江口は見ている。

この娘についての匂いの描写は比較的少ないが、興味深い以下のような記述が見える。

　　してみれば「眠れる美女」は仏のやうなものではないか。そして生き身である。娘の若いはだやにほひは、さういふあはれな老人どもをゆるしなぐさめるやうなのであらう。

　さういふ思ひがわくと、江口老人は静かに目をつぶつた。これまでの三人の「眠れる美女」のうちで、もつとも幼く小さい、少しもみがかれてゐない、今夜の娘が江口にふとこんな思ひを誘ひ出したのはややふしぎであつた。（略）

この家でこれから老人どもをなぐさめ救ふ功徳によつて、のちのしあはせがのぞましいが、あるひは昔の説話のやうに、この娘がなんとかの仏の化身ではないかとまで考へられたりした。遊女や妖婦が仏の化身だつたといふ話もあるではないか。

おそらくここに書かれた、女性に老人が救われるという図式の見立てこそは、この小説の一つの重要なモチーフであろう。考えてみれば、老人の名が「江口」であるのも、この名が示す、例の江口の遊女を扱う、謡曲などに名高い説話によるものではあるまいか。

さて、「その四」の娘は以下のように書かれている。

江口が密室の戸をあけると、いつもよりも女のあまい匂ひが濃かつた。（略）あたたかいこともあたたかいが、娘のはだはすひつくやうになめらかだつた。匂ひ出るしめりけをおびてゐた。（略）もし絞めたらこの娘のからだはどんな匂ひを放つだらうか。（略）老人はしばらくそのまま目をつぶつてゐた。娘のにほひがことにこいからでもあつた。

この世ににほひほど、過ぎ去つた過去を呼びさますものはないともいはれるが、それにはあまくこ過ぎるにほひなのだらうか。赤子の乳くささが思ひ出されただけだ。二つのにほひはまるでちがふのに、人間のなにか根原のにほひなのだらうか。少女のはなつ香気を不老長生のくすりとしようとした老人がむかしからあつた。この娘のにほひはそんなにかぐはしいものではないかのやうである。江口老人がこの娘にたいしてこの家の禁制ををかしてしまへば、いまはしくなまぐさいにほひがする。しかしそんなに思ふのは江口もすでに老いたしるしであらうか。この娘のやうなこいにほひ、またなまぐさいにほひこそ、人間誕生のもとではないのか。

このやや長い「匂い」に関する議論には、女たちの個別の匂いを超えて、匂いの総合的な探究への通路が窺える。匂いによって人を認識することには、やはり、女の動きに関わる視覚的要素と声などの聴覚的要素が捨象された後に残る別の要素による描写の意図が感じられる。老人になるにつれ、視覚と聴覚とは衰えていくが、これは性愛の場面においては、単に機能の衰えを意味するのではなく、それらを重視しないことを意味するのではないか。そしてそれに代わり、嗅覚や触覚など、対象との距離が近い感覚が、老人の性愛においては重要

視されるに到るのではないか。「眠れる美女」とは、いわば開いた目による視線と声とを欠いた存在である。このことが、江口が老人であるという設定と響き合い、視覚と聴覚より、嗅覚と触覚とに多くを委ねる性愛の形を照らし出す。これが、「眠れる美女」と老人とを邂逅させるこの小説の最大の狙いだったのではなかろうか。

「その五」の最後の夜には、美女は二人登場する。これもまた、読者の飽きを恐れるレパートリー導入の典型であろう。二人は、「黒い娘」と「白い娘」と実に単純粗雑に書き分けられている。

「黒い娘」は、「野蛮」とも評されている。「ちちかさの色は美しくなかつたが、首から胸の色も美しいなどといふものではなかつた。しかし黒光りがしてゐた。かるいわきがであるらしかつた」とこれまでになく、ややけなし気味である。

一方、「白い娘」は「やさしい娘」とも評され、以下のように描写される。

ほどよく美しい形の鼻が老眼になほみやびやかにうつる。細くて美しくて長い、横たはつた首は、その下に腕をさしいれて巻いてひきよせないではゐられない。首がやはらかく動くにつれてあまい匂ひが動いた。それがうしろの黒い娘の野生のきつい匂ひとま

――ざりあふ。老人は白い娘に密着した。

この黒白の対比による、やや喜劇的な最後の小物語は、「黒い娘」が死んだらしいという悲劇への急転によって、急に閉じられることになる。「眠れる美女」を相手にするという五夜全体の設定は、考えてみれば、ネクロフィリー（死体愛好）的性欲嗜好と考えることもできる。男の側が老人であることもまた、ジョルジュ・バタイユの『エロティシズム』（澁澤龍彥訳、二見書房、昭和四八年四月、「ジョルジュ・バタイユ著作集」第七巻）の言説を援用するまでもなく、死とエロスとの近接性を示す。そのためにか、他の老人がこの館で死んだということも書き込まれていた。然しそれ以上に、死とエロスとの近接を示すより確かな要素として、この五夜の物語は、最後の最後に、少女の死によるかすかな真の屍臭まで漂わせたのである。

嘉村礒多「業苦」――あまり匂わないものを嗅ぎ出すこと

嘉村礒多の「業苦」（『不同調』昭和三年一月）は、私小説の代表的作品であり、その世界は、作者の経験に基づくと思われる、極めて狭い範囲に収まるものである。大きな話題と言えば、母の愛が薄かった圭一郎という人物が、そこから逃れるべく、二つ年上の女性と結婚したところ、その妻が処女ではなかったことがわかり、それに拘った圭一郎が、他の処女である女性と駆け落ちをし、生活苦に陥る、というものである。圭一郎がこの妻の秘密に気づく肝腎の場面は、以下のように書かれている。

結婚生活の当初咲子は予期通り圭一郎を嬰児のやうに愛し劬《いたは》つてくれた。それなら彼は満ち足りた幸福に陶酔しただらうか。すくなくとも形の上だけは琴と瑟と相和したが、けれども十九ではじめて知つた悦びに、この張り切つた音に、彼女の絃は妙にずつた音を出してぴつたり来ない。蕾を開いた許りの匂の高い薔薇の亢奮が感じられないのは年齢の差異とばかりも考へられない。一体どうしたことだらう？　彼は疑ぐり出した。疑ぐりの心が頭を擡げるともう自制出来る圭一郎ではなかつた。

「咲子、お前は処女だつたらうな？」（略）

何んと言つても妻の暗い翳を圭一郎は直感した。（略）

圭一郎は中学二年の時柔道の選手であることから二級上の同じく選手である山本とい

ふ男を知つた。眼のつつた、唇の厚い、鉤鼻の山本を圭一郎は本能的に厭がつた。上級対下級の試合の折、彼は山本を見事投げつけて以来、山本はそれをひどく根にもつてゐた。（略）――その山本と咲子は二年の間も醜関係を結んでゐたのだといふことを菩提寺の若い和尚から聞かさせた。憤りも、恨みも、口惜しさも通り越して圭一郎は運命の悪戯に呆れ返つた。

ところで、この嘉村文学の性格について、『業苦　崖の下』（福武書店、昭和五八年三月）の「解説」において、川村二郎が、次のように実に見事に剔抉している。

嘉村礒多の文学の魅力は、徹底して低い声部に執着し続ける旋律の、きわめて単調であるにもかかわらず、あるいはむしろ、きわめて単調であるが故に、心にしみついて離れない浸潤力である。

その低さはまず、書かれている事柄の水準によって印象づけられる。（略）嘉村礒多の作に際立っているのも、事実に対しての、認識ではなく情熱である。最初にいった低い声部への執着は、ほかでもないこの情熱の一形式だといってよい。

つまり自分自身の生活の実体を見定めようとする時、当然低い視点が要求される。生活は空中に浮遊する楼閣ではなく、現実の土地に根づき、土壌の湿気や熱を吸収しつつ営まれるものだからである。たとえその土壌からいかなる臭気が醸されようと、悪臭に顔をそむけたりしては生活の真実は捉えられない。悪臭を物ともせず、生活の根をひたすらに覗きこむ、その姿勢の低さに心のひたむきさが現れているといえよう。(略)

私小説は自然主義からこの傾向を受け継いでいる。嘉村礒多の悪臭へのこだわりには、明らかに自然主義的な人間観の影響がある。(略) ここにはほとんど、信仰にもとづく禁欲に似たものがある。

ここに川村が指摘するような理解がなければ、やはり、多くの読者は、この作中で、圭一郎が処女に拘ることについて、馬鹿げたことと見るであろう。川村はこれを、匂いの譬喩を用いて、文学のためにあえて嗅がれたものとしたのである。

先に省略した部分で、川村は次のようにも書いている。

――悪臭というたとえを先程用いたが、実の所、悪臭と芳香は紙一重である。厳密に客観的に双方を弁別する規準は存在しないはずだと思う。嘉村礒多は自分の生活の根に悪臭のみを嗅ごうとしているので、第三者が見れば、格別の匂いもせぬ場所で眼の色を変えて鼻をうごめかしていると見えなくもない。

これが自然主義的な文学の方法論であり、また、あまりに素直な自己表出の方法なのである。嫉妬心なるものは、多くの人間がごく普通に持つものであろう。そしてそれは、その持ち主が、自己意識が強い人間である場合、あるいは、向上心が強い場合などには、特にその激しさを増すものでもあろう。その一方で、この感情には羞恥心が伴うことも事実であろう。自己意識や向上心の持ち主は、これをより深く恥じるために、その感情を顕わにすることを控えるのが通常であろう。人間は、確かに嫉妬する存在でありながら、嫉妬していることを隠したがる存在でもある。一般的に、嫉妬には、常にこの二律背反する心の動きが伴う。ところが嘉村の主人公たちは、その揺れをいとも簡単に超えてしまう。

圭一郎が嗅ぎとるのは、例えば咲子の向こう側に居る山本に由来する、何らかの具体的な匂いなどでは決してない。圭一郎が嗅ぐという動作によって現前させるものは、むしろそのように嗅ごうとする、自らの鼻の働き自体であり、そこには、実は匂いはない。圭一郎の鼻は、本来無臭であるものを悪臭とするような感覚器として描かれている。そしてそれこそは、嘉村礒多の小説作法の方法論を譬喩するものなのである。

嘉村は、嫉妬心という、世間に極めてよく見られるものながら、羞恥心が邪魔するために自らのものについては語りにくいものでもある感情を、私小説的な手法の下、あえて執拗に描いている。これは一見、嘉村の羞恥心に関する無防備さとも、また露悪的な態度とも見える。しかしながら、考えてみれば、私小説的に作者が自らの体験を題材に何かを描くこと自体が、概ねこのような羞恥心を抱え込む可能性の大きい方法である。嫉妬心とは、小説を書く際における、自己言及の際の羞恥を伴う間接的な自己表出の感覚を、最も適切に類比するものとも考えられるのである。

もしそうならば、嘉村は多分に故意犯的である。嫉妬心を描くのは、それが彼にとって、小説を書くのに最もふさわしい題材であったからであろう。あるいは、唯でさえ恥ずかしい行為であるはずの私小説を書くということを行うなら、いっそ、羞恥を伴うような嫉妬心を描くことの方が、彼にとっては、とにかく容易であったかもしれないのである。

川村二郎が、先に引用した文章の中で、この態度を「悪臭」への拘りとしたことは、言い得て妙とすべきであろう。

column 5

闇市の臭いと少年

敗戦後の日本のどさくさを描く石川淳の「焼跡のイエス」（『新潮』昭和二二年一〇月）は、昭和二一年七月晦日の上野のガード下の様子から始まる。そこには闇市の臭いが次のように書かれている。

あやしげなトタン板に上にちと目もとの赤くなつた鰯をのせてぢゆうぢゆうと焼く、そのいやな油の、胸のわるくなるにほひがいつそ露骨に食欲をあふり立てるかと見えて、うすよごれのした人間が蠅のやうにたかつてゐる屋台には、ほんものの蠅はかへつて火のあつさをおそれてか、遠巻にうなるだけでぢかには寄つて来ず、魚の油と人間の汗との悪臭が流れて行く風下の、となりの屋台のはうへ飛んで行き、そこにむき出しに置いてある黒い丸いものの上に、むらむらと、まつくろにかたまつて止まつてゐた。

このような場所に現れるのが、「わたし」によって「焼跡のイエス」に見立てられる、実に汚らしい少年である。

道ばたに捨てられたボロの土まみれに腐つたのが、ふつとなにかの精に魅入られて、すつくり立ち上つたけしきで、風にあふられながら、おのづとあるく人間のかたちの、ただ見る、溝泥の色どすぐろく、垂れさがつたボロと肌とのけじめがなく、肌のうへにはさらに芥と垢とが鱗形の隈をとり、あたまから顔にかけてはえたいの知れぬデキモノにおほはれ、そのウミの流れたのが烈日に乾きかたまつて、つんと目鼻を突き刺すまでの悪臭を放つてゐて、臭いもの身知らずの市場のともがら、ものおぢしさうもない兵隊靴の男でさへそばに寄りつきえず、どら声ばかりはたけだけしいが、あとずさりに手を振つて、および腰で控へるていであつたのは、むしろ兵隊靴のはうこそ通り魔の影におびえて遠吠えする臆病な犬のやうに見てとれた。

この少年は、後にも、「悪臭にむつとするやうな、ボロとデキモノとウミとおそらくシラムとのかたまり」と描写されるにも拘わらず、わたしは、「少年がやはりイエスであつて、そしてまたクリストであつたことを痛烈にさとつた」のである。

この反転自体は、普賢菩薩であった遊女や、光明皇后に膿を吸わせた疥癩患者実はアシュク仏のように、日本古来の説話や伝説にお馴染みの見立てであるが、石川の描写は、読者に対しより強い衝撃を与えるものと思われる。というのは、それが読者の現実に近い場所で見られる風景であること共に、その臭いにより、その少年の姿がより強く喚起されるからである。この少年がイエスであるというなら、我々がこれまでに持っていた価値観や判断力は、まったく意味をなさないのである。そのような世界が、今、「わたし」および読者の目の前に広がっている。

第6章

湯と厠とこやしの臭い

久しく故郷を離れてゐた者が何年ぶりかで我が家へ帰つて来た場合、何よりも便所へ這入つて昔嗅ぎ馴れた匂を嗅ぐときに、幼時の記憶が交ゝよみがへつて来て、ほんたうに「我が家へ戻つて来たなあ」と云ふ親しみが湧く。又行きつけの料理屋お茶屋などについても、同様のことが云へる。

（谷崎潤一郎「厠のいろ〳〵」）

尾崎紅葉「金色夜叉」――湯の臭さ

尾崎紅葉の「金色夜叉」(『読売新聞』明治三〇年一月一日〜明治三五年五月一一日、断続連載)は、間貫一が、恋人であった鴫沢宮に裏切られ、高利貸となる物語で、登場人物の一部には、名詮自性による役名が与えられているようである。つまり、間貫一は、「金」と「色」との間を一本貫き、やがて「夜叉」のようになる人物であり、富山銀行の跡取りである宮の結婚相手富山唯継は、文字どおり富の山を唯だ継いだだけの男である。

さて、この作品の冒頭近く、妻の候補を見つけるために、歌留多会に向かう場面で、富山は、以下のようなひどい目に遭っていた。

> 唯有る小路の湯屋は仕舞を急ぎて、廂間の下水口より噴出づる湯気は一団の白き雲を舞立てゝ、心地悪き微温の四方に溢るゝと与に、垢臭き悪気の盛に迸るに遭へる綱引の車あり。勢ひで角より曲り来にければ、避くべき遑無くて其中を駈抜けたり。
>
> 「うむ、臭い。」
>
> 車の上に声して行過ぎし跡には、葉巻の吸殻の捨てたるが赤く見えて煙れり。

この臭いは、読書現場に今にも漂ってきそうなくらいに、身近で再現しやすい臭いであろう。それは、人の垢などの悪臭が溶け込んだ湯の臭いであった。おそらくこの場面から、富山は、悪役としての性格を読者に類推させる。

ただし、湯の香り自体が必ずしも臭いとは限らない。同じ湯の香りでも、温泉の香りは特に複雑である。硫黄臭と呼ばれる、硫化水素など硫黄の化合物の匂いが溶け込んでいる場合はよけいにそうであろう。

例えば織田作之助の処女作である、「ひとりすまふ」(『海風』昭和一三年六月)には、白浜温泉について、以下のように書かれている。

一口に白浜と呼んでゐるが、その土地は、白浜温泉と湯崎温泉の二つに分れてゐて、その砂浜を横切り、左へ折れゝば湯崎温泉、右は白浜温泉であり、浜ぞひにバスの走る道が通じ、白浜湯崎間は八丁なのだ。ぼくの宿は湯崎にあつたが、その女のも湯崎だつた。浜を横切つてその道に出ると、温泉の湯気の香が強かつた。それで始めて、彼女のからだから漂うてゐる香料のことを考へた。道端の電柱の灯がその薫を照らしてゐる様

だつた。鈍い光であつたから、それは秋の花の匂ひを想はせた。ぼくは木犀らしいと思つたが、後できいたら、ホワイトローズだつた。それは愉しい一刻には違ひなかつた。
――――

ここでは、湯の香りは「強かつた」としか書かれていないために、どのような臭いであるのかは不明である。広義の白浜温泉に属する湯崎温泉などの温泉は、食塩泉や炭酸泉、重曹泉などと呼ばれるもので、火山性の強い硫黄臭はない。同じ織田作の、別府温泉を描いた「雪の夜」（『文藝』昭和一六年六月）にも、「湯気のにほひもなにか見知らぬ土地めいた」とあるのみである。別府には、さまざまな泉質の温泉があり、中には硫黄臭のする温泉もあるが、街中の別府温泉などには、単純泉が多く、ここもまた山岳地帯の温泉の硫黄臭とは違う臭いが漂っている。

日本温泉協会編『随筆温泉風土記』（修道社、昭和三二年八月）に収められた、北川冬彦の「奥日光」には、滞っている原稿を書くために訪れた奥日光の湯元温泉について、次のように書かれている。
――

しかし、これを書こうと決まると、案外、すらすらと運んだ。湯元の温泉は硫黄泉で、流れ湯はつよい硫黄のにおいを立ちのぼらせている。私はこの臭いにはすくなからず参った。おも屋の浴槽には一寸離れた茶室にいる加減もあって、温泉好きの私も、二日に一度位しか湯にはいらなかった。立ちのぼる湯の硫黄のにおいをかいでいると、湯にはいっている感じがしているのを覚えている。ところが、あとで家内が云い出して思い当ったことだけれど、この硫黄のにおいは、私の書いた詩劇台本「巨大な胃袋の中」の雰囲気を作るのに役立っていたのだ。この台本は、地獄篇の一種だったからである。

このように、硫黄泉はやはり強烈な臭いの印象を残す。温泉宿で、湯のにおいを嗅ぎながら書いた原稿に、その湯の香が移っていることが書かれているのもそのせいであろう。北川はこの後、葛西善蔵について次のように想像している。

あとで人に、葛西善蔵が「湖畔手記」を書いたのは、やはり湯元のある旅館だったと云われて、ハッとした。葛西善蔵は、もともと遅筆の人だったが、「湖畔手記」では、彼もこの硫黄のにおいに悩まされたに違いないと思った。葛西善蔵はなかなか書けなくて、締切りをのばしのばししたが、硫黄のにおいに悩まされながらも、結局は、硫黄の

――においで傑作が書けたのだと考えられるのだ。

硫黄臭のする温泉でものを書くことの二律背反が書かれているが、おそらく温泉の魅力自身に、この、臭いけれども、気持ちがいいという、二律背反が存しているのであろう。また、そのせいもあってか、この温泉の硫黄臭さについては、予想するほども文学には描かれないのである。

伊東祐一『温泉の科学』（三省堂、昭和一七年三月）には、温泉の臭いについて、次のように書かれている。

> 温泉の化学分析が行はれなかつた時代には、温泉は臭、味、色、入浴時や浴後の感じなどによって色々に分けられて、それにふさはしい名前が附けられてゐた。今にその名前で呼ばれてゐる湯があるが、現在の化学分析の結果と、大体一致してゐることは興味深いことである。
>
> 臭では玉子湯（秋田県蟹場温泉、福島県信夫高湯、新潟県湯沢温泉、熊本県垂玉温泉等）といふのが圧倒的に多く、これは例外なしに硫化水素を含んでをり、腐つた卵のや

うな臭がする。硫化水素臭は一千万分の一といふ極微量でも、嗅神経に感ぜられるといふのであるから、どんな少しの硫化水素の存在も玉子湯と呼ばれるわけで、玉子湯の数が多いことも不思議ではない。

ここに書かれるような臭いが、硫黄泉において読者が共有する臭いであろう。ちなみに、硫黄臭とは云うが、硫黄自体は無臭で、硫化水素の臭いこそが、硫黄臭の正体である。

ところで、環境省が選定する、「かおり風景100選」というものがある（環境省ホームページ内、https://www.env.go.jp/air/kaori/index.htm、平成二六年五月一二日閲覧）。ここに、実に興味深いことに、温泉地の香りも含まれている。北海道登別市の「登別地獄谷の湯けむり」、群馬県草津町の「草津温泉「湯畑」の湯けむり」、神奈川県箱根町の「箱根大涌谷硫黄のかおり」、大分県別府市の「別府八湯の湯けむり」の四つである。特に箱根大涌谷のものは、硫黄のかおり自体が直接名指されている。

そもそも、この「かおり風景100選」は、北海道の「ふらののラベンダー」から、東京の「神田古書店街」、京都の「祇園界隈のおしろいとびん付け油のかおり」や大阪の「鶴橋駅周辺のにぎわい」まで含まれるユニークな選定のものであるが、ここで湯けむりは、概ね日本を代表する「好い香り」として認定されているようである。

一方、「悪臭防止法」(昭和四六年六月一日法律第九一号、平成二三年一二月一四日改正)という法律には、政令で二二の悪臭物質が指定されているが、ここには、アンモニアやアセトアルデヒドなどと共に、温泉の臭いの主成分である硫化水素も含まれている。

ここにも、温泉の臭いの両義性が窺えるであろう。

谷崎潤一郎「厠のいろ〳〵」「少将滋幹の母」——厠の臭い

谷崎潤一郎に、厠の匂いをどちらかというと持ち上げる方向で描いた「厠のいろ〳〵」(『文藝春秋』昭和一〇年七月)という随筆があることはよく知られていよう。例えば、長野草風画伯から聞いた話として、名古屋という土地の文化や生活程度が進んでいることを、方々の家々の厠の匂いを嗅いで知ったということが掲げられている。

画伯の説に依ると、どんなに掃除のよく行き届いた便所でも、必ずほんのりと淡い匂がする。それは臭気止めの薬の匂と、糞尿の匂と、庭の下草や、土や、苔などの匂の混合したものであるが、而もその匂が一軒々々少しづゝ違つてゐて、上品な家のは上品な匂がする。だから便所の匂を嗅げば、略〻その家に住む人々の人柄が分り、どんな暮しをしてゐるかゞ想像できるのであつて、名古屋の上流の家庭の厠は概して奥ゆかしい都雅な匂がしたと云ふ。

そしてさらに、これに続けて、以下のような作者自身の、記憶と結び付いた感想も書きつけられている。

なるほど、さう云はれてみると、便所の匂には一種なつかしい甘い思ひ出が伴ふものである。たとへば久しく故郷を離れてゐた者が何年ぶりかで我が家へ帰つて来た場合、何よりも便所へ這入つて昔嗅ぎ馴れた匂を嗅ぐときに、幼時の記憶が交〻よみがへつて来て、ほんたうに「我が家へ戻つて来たなあ」と云ふ親しみが湧く。又行きつけの料理屋お茶屋などについても、同様のことが云へる。ふだんは忘れてゐるけれども、たまに出かけて行つてその家の厠へ這入つてみると、そこで過した歓楽の思ひ出がいろ〳〵と浮かんで来、昔ながらの遊蕩気分や花柳情調が徐ろに催して来るのである。

さらに谷崎は、「便所の匂には神経を鎮静させる効用があるのではないかと思ふ」とも書いて、そこが瞑想するによい場所であることも確認している。

また、厠にふさわしい香料について、以下のように提言している。

料理屋やお茶屋などで、臭気止めに丁子を焚いてゐる家があるが、矢張厠は在来の樟脳かナフタリンを使つて厠らしい上品な匂をさせる程度に止め、あまり好い薫りのする香料を用ひない方がよい。でないと、白檀が花柳病の薬に用ひられてから一向有難味がなくなつたやうになるからである。丁子と云へば昔はなまめかしい連想を伴ふ香料であつたのに、そいつに厠の連想が結び着いてはおしまひである。丁子風呂などゝ云つたつて、誰も漬かる奴がなくなつてしまふ。私は丁子の香を愛するが故に、特に忠告する次第である。

厠の匂いに関して、これほど行き届いた文章は少ないであろう。しかし、ここには概ね、「都雅」で「なつかしい」、「甘い」ようなよい香りのする厠しか書かれていないようである。

この、厠の匂いを悪臭からよき香りへと反転させる仕組を物語に取り込んで最大の効果を挙げているのが、「少将滋幹の母」(『毎日新聞』昭和二四年一一月一六日〜昭和二五年二月九日)の平中のエピソードであろう。もちろんこの話には出典があるので、谷崎のまったくのオリジナルではないが、先の引用文中の「丁子」に関する、「昔はなまめかしい連想を伴ふ香料であつた」や、「私は丁子の香を愛するが故に」という言葉からも窺えるように、これはもう、谷崎術中の物語でもある。

平中こと平貞文は有名な色好みであるが、左大臣時平が国経から奪った北の方に憧れ、その「かはご」というお虎子を盗み出し、女を思い切ろうとする有名な場面である。

やがて恐る〳〵蓋を除けると、丁子の香に似た馥郁たる匂が鼻を撲つた。(略)何しろさう云ふものらしくない世にもかぐはしい匂がするので、試みに木の端きれに突き刺して、鼻の先に持つて来て見ると、あの黒方と云ふ薫物、——沈と、丁子と、甲香と、白檀と、麝香とを煉り合はせて作つた香の匂にそつくりなのであつた。(略)

平中は、あまり不思議でたまらないので、その筥を引き寄せて、中にある液体を少し啜つて見た。と、やはり非常に濃い丁子の匂がした。平中は又、棒ぎれに突き刺したものをちよつぴり舌に載せて見ると、苦い甘い味がした。で、よく〳〵舌で味はひながら考へると、尿のやうに見えた液体は、丁子を煮出した汁であるらしく、糞のやうに見えた固形物は、野老《ところ》や合薫物を甘葛の汁で煉り固めて、大きな筆の欛《つか》に入れて押し出したものらしいのであつたが、（略）いよ〳〵諦めがつきにくゝ、恋しさはまさるのみであつた。

ところで、この場面はいわゆるスカトロジーの嗜好を示すものとして扱われがちであろうが、このような糞尿に関わる香りの劇的転換は、スカトロジーとは決定的に相違するものである。なぜなら、スカトロジーは糞尿の香りそのものを好むものであって、丁子のようなよい香りに転換してしまえばまったく異質なものとなってしまうからである。

その点、谷崎の「厠のいろ〳〵」の表現はその中間的なものと考えられる。決して、ただの悪臭としての厠の匂いは好んではいないが、その匂いは、丁子の匂いなどに置き換えればよいというようなものでもない。その中間にある、確かに厠の匂いでありながら、「甘い」思い出を思い起こさせるような匂いを嗜好するのである。

おそらくそれは、現実世界で配合すべき匂いというより、小説の中で、したがって、読者の想像の中で、調合されるべき、空想の匂いなのではなかろうか。

尾崎翠「第七官界彷徨」――こやしを煮る

尾崎翠の「第七官界彷徨」（『文学党員』昭和六年二月～三月に部分掲載、『新興芸術研究』昭和六年六月にあらためて全編掲載）は、女主人公である小野町子が、兄である一助と二助、および従兄の佐田三五郎と、奇妙な四人暮らしを始めるところから始まっている。同居に先立ち、三五郎は町子にいくたびか手紙を送っていた。その中に、二助について、次のような記述が見える。

> 彼は僕の部屋と廊下一つだけ隔てた彼の部屋で、毎夜のやうにこやしを煮て鼻もちのならぬ臭気を発散させるので、おれは二助の部屋からいちばん遠い地点にある女中部屋に避難しなければならぬ。こやしを煮ることがいかに二助の卒業論文のたねになるとはいへ、この臭気が実にたびたびの事なのだ。（略）今夜は殊にこやしの臭ひが強烈で、こやしの臭ひは廊下をななめに横ぎつて玄関に流れ、茶の間に流れ、台所をぬけて女中

部屋に洩れてくるのだ。

この衝撃的な幕開きは、読者の嗅覚を刺戟し、その臭いの想像を厭が上にも喚起するであろう。やがて町子がこの家に到着すると、三五郎から、いきなり引っ越しの相談を受ける。

小野二助と一緒に住む以上は、二階建でなくてはだめだ。（略）二助は勝手に二階でこやしを煮たらいいだらう。臭気といふものは空に空に昇りたがるものだから、階下に住んでゐる僕たちには関係なしだ。（略）こやしも試験管で煮るときにはそれほどでもないが、二助が大きい土鍋で煮だすとまつたく我慢がならないからね。

これだけ臭いに悩まされていながら、三五郎は、この家から逃げ出すつもりは毛頭ないようである。彼は音楽学校を落ちた浪人生で、二助には「こやしの汲みだし」も命じられるが、これにも唯々として従っている。二助は、自分の部屋についている半坪ほどの床の間で、二十日大根を育てていた。二助も、こやしの臭いをあえて好むような病的性癖の持ち主ではないようで、普段は身だしなみとして「香水の匂ひ」をさせている。「こやしをいぢりなが

らときどき香水の罎を鼻にあてる習慣」でもあったと書かれている。これは、こやしの臭いに対して嗅覚が麻痺することを防ぐ意味ももつのであろう。二助にとってこやしはあくまで研究のため、という設定である。

二助の蘚についての研究は、三五郎の報告によると、以下のようなものである。

なんしろ二助は今夜蘚の恋愛の研究を、一鉢分仕上げかかつてゐるんだ。二助の机の上では、今晩蘚が恋をはじめたんだよ。知つてるだらう、机のいちばん右つ側の鉢。あの鉢には、いつも熱いくらゐのこやしをやつて二助が育ててゐたんだ。熱いこやしの方が利くんだね、今晩にわかにあの鉢が花粉をどつさりつけてしまつたんだ。(略)

ともかくいちばん熱いこやしが、いちばん早く蘚の恋情をそそることを二助は発見したんだ。(略) 二助の机の上にノオトが二つあるだらう。一つが二十日大根の論文で一つが蘚の論文なんだ。

ちなみに、二十日大根の論文ノートのタイトルは「荒野山裾野の土壌利用法について」であり、蘚の研究は、「肥料の熱度による植物の恋情の変化」というものであるとのことである。

植物に恋情などあるのか、という疑問は、読者にも当然生じるであろうが、これについては、二助の研究の結果に委ねられなければならない問題である。むしろここで注目すべきは、二助が、蘚の恋情の研究のために、その花粉の匂いを確かめている点であろう。

二助の研究は二本の蘚をならべて頭のところを瞶めたり、脚の太さを比較したり、息を吹きかけてみたりなかなか緻密な方法で行はれた。そしてつひに二助は左手の人さし指と拇指に二本の蘚の花粉をとり、一本づつ交互に鼻にあてて息をふかく吸ひこんだ。これは花粉の匂ひを比較するための動作で、二助はしづかに眼をつぶり、心をこめて深い息を吸ひこんだのである。けれどこのとき室内に満ちてゐるこやしの匂ひは二助を妨げたやうであつた。彼は右手のピンセットをおき、上つぱりのポケットから香水をだして鼻にあてた。

こやしの臭いのような強烈なものと共に、この小説には、蘚の花粉の匂いという実に微妙な匂いまでが描かれている。こやしというような特殊の臭いを対象にしているために、この小説の嗅覚的要素が特筆されるのではなく、こやしに限らず、作者が嗅覚要素による作中世界の想像と再現とを読者に期待する点に、この作品の戦略が特に見て取れるのである。それは、この作品世界が、現実世界の描写などではなく、あくまで読者の想像力によって構築される、虚構の世界であることを強く主張しているかのようである。そして、視覚的世界の再現においては、読者の想像力の関与の程度は却って測りにくいが、嗅覚の再現は、小説が虚構であることの程度を、明確に指し示してくれる。というのも、極端に云うならば、嗅覚要素の再現がまったく無くても、文字による小説世界は成り立つものと考えられるからである。臭いはあえて書かなくとも、小説にはなる。この性格が、逆説的ではあるが、小説における嗅覚要素を特別のものとするのである。

ところで、こやしの匂いに関して、「はじめに」に掲げた都甲潔の『感性の起源』の第4章「「おいしさ」が脳に認知されるまで」には、以下のような解説が見られる。

スカトールは糞便や口臭の匂いである。スカトール（skatole）なる言葉はギリシャ語のskorに由来し、skatosは糞の意味である。もちろん大人は大嫌いな匂いだ。ところが、産業技術総合研究所の感覚認知科学研究グループによる報告（略）は驚くべき結果を示

している。二歳くらいの幼児だと、べつだんスカトールを不快に思わない。スカトールの匂いのする部屋でも、バラの香りのする部屋でも、楽しそうに遊ぶというのだ。ところが、九〜十二歳の児童になると、状況は違ってくる。バラの香りを圧倒的に好むようになる。

成長とともに、糞尿が汚いことを学習し、それを暗示する匂い（スカトール）が嫌いになったのであろう。（略）このように匂いの好き嫌いは経験に大いに左右されるし、動物種によっても異なっているのである。

町子は、あたかも二歳児のように、こやしの匂いを嫌がるどころか、二助の研究をむしろ興味をもって見学している。ここには、臭いに対しての原初的な関わりが書かれているとも考えられる。

一歩間違えれば異常空間に成り下がる、この芸術家や科学者の卵たちの共同生活は、奇妙な純粋さを見せている。尾崎翠は、この純粋さ、人間の原初体験のようなものを、虚構世界として強調して描くために、殊更にこのような臭いを小説に取り込んだのではなかろうか。

小泉武夫『くさいはうまい』――悪臭の魅惑

温泉の硫化水素のにおいに代表されるように、本来悪臭であるものが魅力的なものともなり得ることはあり得ることである。谷崎によると、厠の臭いでさえ時にそうである。悪臭には、嫌悪の対象でありながら、或る場合には、人を惹きつける何かが潜んでいるようである。次の章で詳しく扱うが、食の評論家である小泉武夫に『くさいはうまい』（毎日新聞社、平成一五年七月）という、実にシンプルなタイトルの書がある。その第三章に「におい文化の復権」という文章がある。これは、小泉と中村雄二郎との対談録であるが、「民族の履歴と湿度で決まる好き嫌い」の節に、二人の以下のようなやりとりが見える。

小泉　（略）日本人には一つの共通性がある。一つだけ捨てられないにおい――それが納豆などに通じる発酵したにおいなのだそうです。例えば酪酸のにおいですね。そういうにおいが隠されていると、日本人はいいなと思うようです。

中村　それはいわば隠しにおいとでもいうべきものですね。

小泉　ええ、隠し味じゃないですけれど。特に、インドール、スカトール系、つまり人間の糞を乾燥させたようなにおいを、日本人はいいという人が多いんですね。肥桶の糞尿を田んぼに撒いて、乾燥させたにおい。私も福島の田園地帯で育っていますから経験ありますが、牧歌的ないい香りです。

中村　田舎の香水って、昔からいうくらいですからね（笑）。

ここには、「におい」というものが人間に及ぼす複雑な作用について示唆されている。これによると人間は、育った環境の原点とでもいうべき場所に漂っていたにおいについては、たとえそれが、嗅いだ時悪臭であったとしても、「隠しにおい」として、その中に嗅ぎ取ることのできる魅力を感じるというのである。

もしそうならば、においとは、嗅ぎ手側の事情によってその価値を変化させるものであるということになる。においとは、実は相対的なものであり、におい自体に実は悪臭も芳香もないというわけである。言い換えるならば、においとは文化的なものであるということでもあろう。

悪臭を含め、強烈であり、衝撃度の高いにおいほど、記憶に止まりやすいことは当然であろう。

大谷光瑞の『食』（大乗社東京支部、昭和六年二月）の「料理の真価」の「一、材料」には、「嗅覚と味覚の不一致」と題して、次のような興味深い記述が見える。

好悪の大部分は概ね香にあり。嗅覚と味覚は、不一致なるものなり。香の強きは概ね好悪の両極を出せり。（略）

然れ共習慣は強力なり。チース《ママ》の如き、納豆の如き皆悪臭なり。而も人好み之を食す。南洋の果実ヅリアンの如きは悪臭なり。然れ共その美味の為め、両三度鼻舌相争ふと雖も、鼻終に舌に譲れり。

葱蒜《にんにく》の如きは決して芳香に非らず。而も園蔬の美味の一となせり。

上に云ふ文王の嗜好品たる菖蒲根の如きは芳香なり。カラメン、カムフエン、ユーゲノール、アサロン等を含有し、香料として優秀の品類なり。然れ共常人は是を食ふに躊躇せり。

菊の如きも花弁は通常是を食用とし、寧ろ佳香を賞せりと雖も、その蕚を食ふや味苦からざるも、ボルネオール、ツヨン等の香気強く佳味と云ふべからず。故に料理用として蕚を除けり。

一般に食品は強香より弱香を尚ぶが如し。薑《しょうが》、椒《さんしょう》の如きは蓋し除外の一例なりとす。故に香味は或は同じ、或は背き、離合の変各物に就き論じ、一様の定案を下し難し。

東西の味に通じた大谷ですら、このとおり、香りの味における機能については、それぞれ個別の場合に任せるという態度を採っている。

考えてみれば、なぜそれを好い香りと感じ、なぜそれを悪臭として嫌悪するのか、という問題は、難問である。これは、あらゆるものに対する第一印象にも通じる問題である。本能的な好き嫌いは、危険度によってもたらされる場合もあろうし、知らないうちに文化的体験により身についたものかもしれない。これを探究することは、人間の、論理的で合理的な判断からややずれたところにある、感覚による反射的判断について考察する一つの道筋を提供してくれるかもしれない。そしてこの、論理に必ずしも縛られない感覚的判断こそ、文学などの表現により多く関わる要素なのである。我々は、芸術活動の探究において、論理を超えて、このような感覚的判断の基準をも持ち込む必要があるものと考えられるが、においの好悪の探究もまた、このような分野に強く関わるものと推測されるのである。

column 6

尿の臭い

三島由紀夫が、小説「音楽」(『婦人公論』昭和三九年一月〜一二月)の中に引用している、W・シュテーケルの著『性の分析　女性の冷感症I』(松井孝史訳、三笠書房、昭和三〇年六月)には、「排泄物の臭気の魅力」と題された以下のような症例が報告されている。

ある紳士がダンスパーティーで一人の娘に惚れ込んでしまい、(略)その翌日には、もう彼女の両親をおとずれて、自分はまじめな考えであることを伝えた。(略)ある日のことそのいいなずけをつれて私のところへやってきた。彼には説明のつかない娘の憂鬱状態について相談するためである。娘に請われて彼が診察室を出ていくと、彼女は、はじめて自分の不幸を打明けた。それは非常に不快な症状であつて、笑つたぐらいでも尿を少しもらすのだ。（略）そのため、彼女は尿の臭いがして、紳士と知合つた夜も、自分の気持は台無しであつた。それに利く薬はないものだろうかというのである。しかし残念ながら、私は大して慰めになるようなことは言えなかつた。数週間の後、紳士は再びやつてきて、自分は一種の異常に悩んでいると告白した。彼は女の子に尿をさせたり、あるいは強い刺激性の尿の臭気をかいだりしなければ性的に亢奮しない。ところがこの異常を満足させもしないのに、彼女が甚しく自分を亢奮させるので限りなくうれしい。自分の異常は治つてきたのではないか。しかし現在は、彼女のそばへ行くと尿の臭気がするような気がして、たちまち痛いほど勃起する、どうも幻覚にすぎないと思うのだが、というのである。まさに彼女の弱点が彼をひきつけたのであって、この病気が治れば、おそらく彼の愛情も減るのではないかと思う。

特殊な男女のよくできた偶然の出会いである。ところで、この話を読んで、私には、これほど尿の臭いが鋭敏に感じ取れるものであろうかという疑問を持った。特殊な性癖を持つ人間だけが、特殊に嗅覚を発達させ、特別に感じ取ることができるということなのであろうか。あるいは、それほども強く臭っていたのか。この疑問については、シュテーケルは答えてくれていない。

第7章

発酵と美味しい匂い

「ぼくは、チーズと納豆と、おばあちゃんが作ってくれる漬物で育ったようなもんなんです。くさやも熟鮓も平気どころか大好きです。おばあちゃんは、しょっちゅうへしこを焼いてくれました」

（宮本輝「にぎやかな天地」）

宮本輝「にぎやかな天地」――発酵食品の匂い

宮本輝の「にぎやかな天地」(『読売新聞』平成一六年五月一日〜平成一七年七月一五日)には、主人公である船木聖司が、松葉伊志郎という人物に依頼されて、発酵食品の豪華本を作成することを一つの主なシークエンスとして含み込む物語である。食べ物に関わるこの設定から、作品には多くの美味なる食品や、それに関わる小道具が登場する。発酵食品はその花形であり、そこには、必然的に、発酵という現象に伴うそれぞれ独特なる匂いがまとわりついている。

物語は、聖司の祖母の死から語り始められるが、そこには祖母が三十年間丹精込めた「糠床」が腐敗するという、いわば殉死したかのような物の死についても書かれる。その桶だけを、聖司は受け継ぐ。古い木桶に鼻を近づけて嗅いでみると、「染み込んだ糠の匂いは予想していたよりも薄く、酸っぱい匂いのほうが強く鼻をついた」(第一章)。聖司は次第にこの桶の糠床が持つ魅力にとりつかれていくわけであるが、それが木桶であるせいで、密閉性がなく、マンションでは「部屋中が匂う」(第三章)ことになる、実に厄介な存在でもある。

聖司はまた、第一章において、自分はこの祖母に、発酵食品で育てられたようなものだと語る。

「糠漬、納豆、くさや、熟鮓、酒、酢、味噌、醤油、鰹節。どれもみんな発酵食品だ。発酵菌なんてものの存在を知らなかった大昔から、人類は偶然と経験と知恵と工夫とで、こんなすばらしいものを作りつづけてきたんだ。（略）船木さんは、くさやとか熟鮓なんか食べられるかい？」

松葉の問いに、

「ぼくは、チーズと納豆と、おばあちゃんが作ってくれる漬物で育ったようなもんなんです。くさやも熟鮓も平気どころか大好きです。おばあちゃんは、しょっちゅうへしこを焼いてくれました」

と答えた。

この会話の背景には、これら食品を好まない人がたくさんいることが前提されている。その原因の最たるものは、おそらく、これらの臭いへの抵抗感であろう。くさやや納豆が嫌いな人々の多くは、その臭いを嫌がるものと推察できるのである。

これらがすべて発酵食品であることを考えると、発酵食品の特徴は、まず臭いによって認識されるものと云えよう。

ちなみに聖司が赤ん坊の時、離乳食として祖母が食べさせたチーズは、「エメンタル・チーズ」で、「かなり濃厚で匂いも強い」ものであった。しかしながら、聖司の作る豪華本は、松葉の希望で、「日本伝統の発酵食品」に限られることになり、チーズは除外される。

さて、第三章から、聖司とその仲間たちの本作りのための本格的な取材が開始される。一番目の対象は、和歌山県新宮市の東宝茶屋で作られている、「三十年物のサンマの熟鮓」である。それは、「やや褐色味を帯びたヨーグルト状のもの」で、「味も、かなり酸っぱいヨーグルトといった感じで、サンマの魚臭さも飯の名残りなども消えてしまって」いるようなものである。これは、あくまで「本来の紀州の熟鮓を製造する過程で付随的に作られるもの」で、「東宝茶屋の熟鮓を求める客の多くは、一年物、二年物、三年物あたりを目当てに」しているとのことである。

仲間の一人である、写真家の桐原は、聖司に「やっぱり臭いか?」と聞いているが、これに対し聖司は「俺は臭いとは思わんかったなァ。サンマに包まれてる飯は、普通のご飯とお粥の中間くらいの軟らかさで、一年物はあっさりしてるし、二年物はそれよりちょっと酸っぱくなってて、三年物はさらにそれより酸っぱい……そんな感じやなァ。サンマの身そのものも、生よりも生臭さが消えて、うま味が増してるような気がしたで」と答えている。
この「東宝茶屋」のサンマの熟鮓については、先にも触れた、小泉武夫の『くさいはうまい』(毎日新聞社、平成一五年七月)の第一章「滋養たっぷり物語」にも、以下のとおり記述されている。

新宮市に東宝茶屋という料亭があり、ここには「食の化石」あるいは「食の世界遺産」とでも表現したいほどの珍味中の珍味があります。サンマの熟鮓を三十年も寝かせた「本熟」がそれで、粥状に溶けたサンマや飯があたかもヨーグルトのような様相と風味を呈しています。私はこれを初めて口にした時、熟鮓の素晴らしさの原点に触れたような思いで感動したものでした。ご主人の松原郁生さんは紀州熟鮓の名人で、サンマ熟鮓を大きな壺に仕込んで、それを長年寝かせていますが、そこには悠久の時間を通り過ぎてきた、熟成し切った本熟がひっそりと息づいていて、実に感動的でありました。

「にぎやかな天地」の第五章において、聖司たちは同じ和歌山県の湯浅町にある、「角長」

という醤油屋に向かっている。醤油もまた、「仕込み蔵全体にこびりつくぶあつい酵母」により発酵する、立派な発酵食品である。

ここで聖司は、「角長」の六代目主人から、「濁り醤」なるものを紹介される。火入れをしていない生の醤油で、酵素も乳酸菌も酵母も、壜の中で生き続けているため、「香りのええ、じつにこくのある醤油」となるとのことである。

第六章では、聖司たちは鹿児島県枕崎市の「丸久鰹節店」に向かう。そこで、本枯れ節造りの行程を見学している。その焙乾室では、「大きさや、品質の等級に分類された鰹の身の「薫製」が、芳しい匂いを放って、黴つけと天日干しの繰り返し作業を待っている」のを見、さらに、徹底した乾燥のために順に黴をつける部屋に案内される。一番黴の部屋から、順に黴のついた鰹節を見せてもらう。四番黴の部屋には、「鰹節の濃厚な匂いが充満」している。

さらに、同じ第六章において、滋賀県高島町（現高島市）の「喜多品」に、鮒鮓の取材に訪れている。午前中の撮影が終わり、鮒鮓の茶漬を食べたとき、「身も骨も卵もほぐれて、さほど濃厚ではないが、よく熟成された良質のチーズに似た香りが立ち昇る」のを聖司は体験する。

この鮒鮓については、第一章においても、聖司の姉涼子が、当初「あんな臭いもん、私は死んでも食べへん」と言っていたものが、「喜多品」のものをお茶漬にして食べたら、美味しかったという話が紹介され、聖司も、「喜多品が作る鮒鮓は、たしかに発酵によってもたらされる独特の匂いはあるが、それは香味といっていいもので、味も深いまろやかさがあった」と回想していた。

これらのとおり、この作品は、旨い発酵食品を、その作り手の具体的な固有名詞と共に、書き込むというスタイルを採る。一種のガイドブックやカタログの役割をも果たしているわけである。これは、一見すると何気ない方法ではあるが、実際には、現実世界と虚構作品の境界を融かすもので、作中要素のリアリティーは確保されるが、それらに関わる虚構の設定を封じてしまうという制約をも持ち込むことになる。地名や老舗などはともかく、或る特定の店や品物の丁寧な紹介は、ストーリーの中断を余儀なくすることにもなる。事実、この小説においても、物語のもう一つの中心であるところの、西宮のパン屋については、架空のものとして設定されているのである。

発酵食品に話を戻そう。先に見た小泉は、同じ「滋養たっぷり物語」において、魚介の発酵食品の代表を「熟鮓」としている。

魚介類を細菌や酵母で発酵させた発酵食品は多種にわたりますが、その代表は何といっても「熟鮓」でありましょう。熟鮓は魚介を飯とともに重しで圧し、長い日数をかけ、乳酸菌を主体とした微生物で発酵させたもので、近江（滋賀県）の鮒鮓や紀州（和歌山県）のサンマの熟鮓に代表される、とにかくにおいの強烈なあの「くせもの」たちのことでありますす。（略）

熟鮓の代表格である近江の鮒鮓の場合、（略）肝心のあの強烈な臭みは発酵の初期から中期にかけて出てきます。何と申しましても、発酵して作る鮓にあの臭みがないと物足りませんからねえ。

熟鮓に代表されるように、動物性の発酵食品は、やはりよけいに臭うような気もする。確かに納豆も臭いが、腐敗を連想させる発酵臭の強さは、動物性のものの方に軍配が上がるのではないだろうか。

これまで見たとおり、それぞれの発酵食品は、常に、その味の特徴の大部分を、臭いの特徴に負っていた。しかもそれは、好い香りとは言い難いものばかりである。ある食品が、どこにでもある味ではなく、より深い、個性的な味を持つためには、特別な性質を伴わせる必要がある。発酵食品の強烈な匂いは、このような味の洗練の過程に関わっているものと見える。発酵食品とは、とりもなおさず、自然に一番近い加工食品である。そしてその加工の主な行程は、特別の臭いをつけることに費やされるのである。

好い香りの食品が美味しいのでは、当たり前に過ぎる。その通常の美味に飽きた時、別の次元の味を、人は求めたのであろう。当初は好い香りとは思えない臭いが、その独特の個性によって、次第に人を捉え、擒にし、離れにくくする要素として機能する。日本の伝統食品のうち、納豆やくさや、熟鮓などの臭いと味は、このような食の文化の総体を抱え込んだ味なのである。いきなりこの文化に触れた人には、これらはあるいは受け容れがたいものかもしれない。しかし、これら特徴的な食品の背景に、通常の日本の食品とその進化の過程を想像する人間には、発酵食品の臭みに対する抵抗感も軽減されるであろう。あるいは、むしろこちらの方を好むように、嗜好を転換させることも可能となる。そこには、好みの正負の基準の揺らぎが認められる。

あまり臭わない食べ物は、その臭いの効用についての思考も生じさせない。反対に、臭みが極端であればあるほど、その食品は食べる人を選び、食べた人にも、その臭いと味との関係について、考察を強制する。当初は食べることのできなかった人も、やがてそれらを食べ続けることによって、嗜好の転換を体験することもある。いずれにしても、これらの臭いは、我々の味に対する文化的な慣習の存在と、その度合いを教えてくれるのである。

食事が栄養摂取のための本能的行為ではなく、そこから成長し、文化的な楽しみの一つともなっているのであれば、その食品に対する思考は、食事の楽しみを構成する重要な要件である。臭いは、それを意識させるような特別のものであればあるほど、食の楽しみを十二分に享受するための窓口となるのである。

小泉武夫「くさいはうまい」——においを言語化すること

先にも掲げた、小泉武夫の『くさいはうまい』(毎日新聞社、平成一五年七月)の第二章「くさいはうまい」には、世界中の臭い食べ物に関わる挿話が、やや偏執狂的に集められている。その各節のタイトルを見るだけでも、以下のとおり如何にも「臭」そうなものばかりである。「臭い肉、臭い酒」「虫も臭かった」「チーズは猥褻である」「臭い鳥」「葷」「大根と沢庵」「臭い果物」「山羊と羊」「野生動物いろいろ」「激烈臭発酵食品」「臭い魚」「さらに臭い魚」「中国熟鮓の旅」がそのタイトルである。

先に見た『くさいはうまい』に収められた対談の中で、中村雄二郎は、臭い食べ物の話を聴いた後に、「感覚論、五官論の方からいうと、においは最も言語化しにくいものなので、追体験するのは難しいので、たかだかお話から想像するよりほかないけれど、すさまじいにおいのようですね」（第三章「におい文化の復権」）と語っていたが、この第二章においても、小泉は、できるだけその匂い、特に臭さを、表現しようとしている。

例えば「虫も臭かった」における「長野県伊那地方や飯田地方で見られる蚕の繭ごもり」については、以下のように書かれている。

以前私も天竜峡にある豪農の家で、この蚕蛹の佃煮を食べてみたことがあります。味にコクがありますから、脂肪がのっていて大変美味であるのはよいとしても、特有の青臭さ（蚕の主食である桑のためか）が鼻について、どうもスムーズに喉を通らない。その臭みをよく観察してみると、青臭さだけではなく、異様な獣臭も持っており、その上、生タマゴのような生臭さと生魚のような生臭さも備えているのです。ほんとうに奥行きのある、しつこいほどの臭みがありました。

また、「臭い鳥」においては、カラスの肉の臭さを「仏壇に供える線香」と喩え、「山羊と羊」において、山羊の臭いを「人間でいえば汗臭いにおい、または腋臭のにおいに当たります」としている。

さらに、「激烈臭発酵食品」においては、「カナディアン・イヌイットの極めて珍しい発酵食品」「キビヤック」の「強烈な特異臭」を紹介する。「キビヤック」とは、アザラシの肉や内臓や皮下脂肪を取り除いたあとの空洞に、アパリアスという海燕の一種を七〇羽から八〇羽ほど詰め込んで、土に埋め、二年から三年寝かせた、豪快な発酵食品のことである。その食べ方と味、そして肝臀の臭いは、以下のとおりである。

さて、その食べ方ですが、まずドロドロと溶けた状態のアザラシの厚い皮に被われたアパリアスを取り出し、尾羽根のところを引っぱると尾羽根はスポッと簡単に抜けます。次にその抜けた穴のところからすぐ近くにある肛門に口をつけ、チュウチュウと発酵した体液を吸い出して味わうのであります。体液はアパリアスの肉やアザラシの脂肪が溶けて発酵したものなので、実に複雑な濃い味が混在しており、極めて美味であります。ちょうど、とびっきり美味なくさやにチーズを加え、そこにマグロの酒盗（塩辛）を混

ぜ合わせたような味わいだと思いました。

その臭いは強烈で、（くさやのにおい）＋（鮒鮓のにおい）＋（臭いチーズの代表であるゴルゴンゾーラのにおい）＋（中国の臭菜のにおい）＋（樹から落下したギンナンのにおい）＝（キビヤックのにおい）という公式が成立するほどのものでありました。

そして小泉はこの臭いについて「まさに宝物のような素晴らしさ」と絶賛するのである。小泉は、この他にも、強烈で印象的な臭いの発酵食品をいくつか紹介している。とりわけ「シュール・ストレンミング」と「ホンオ・フェ」は、食べたことがなくとも、その文章を読むだけで、かなりの衝撃を受け取ることができよう。

「シュール・ストレンミング」とは、「魚の発酵缶詰」で、「スウェーデンで造られる名物発酵食品」である。原料はニシンで、「激烈臭発酵食品」の節に書かれている臭いは以下のようなものである。

発酵菌は主として乳酸菌で、缶の中には空気が豊富に存在していませんので、そこでは嫌気発酵という特殊な発酵が起こり、発酵菌は異常代謝を起こすことになり、強烈な臭みが生じてくるのです。臭みの本体はプロピオン酸や酪酸といった、あの手の臭みの中心となる揮発性有機酸とアミン類、メルカプタン類で、そのほかにアンモニアや硫化水素なども含まれていますから、ものすごく臭いわけです。ちょうど大根の糠漬けとくさやと鮒鮓とチーズと道端に落下している潰れた生ギンナンが相俟ったような強烈なものに、腐ったニンニクが重層したようなものすごい感じの臭気であります。（略）
とにかくガスが収まるのを待って蓋を開け、発酵してベトベトに溶けた状態の魚を取り出してみますと、色はやや赤みを帯びた灰白色で、臭みはタマネギの腐敗したようなものに、魚の腐敗したようなにおいが混じり、そこにくさやの漬け汁のようなにおいも入り込み、さらに大根の糠漬けのにおいが重なった感じのものでした。

また、「韓国の全羅南道木浦市で昔から食べられてきた「ホンオ・フェ」という魚の発酵食品」は、「臭い魚」の節に紹介されている。

さて、いよいよそのホンオ・フェの味とにおいですが、私はこれを初めて口にした時に、あまりの激烈なアンモニア臭に圧倒され、失神寸前に陥りました。とにかくその辺りのアンモニア臭など問題ではなく、食べようと口の近くまで持っていっただけでも、目からポロポロ涙が出てくるありさまです。アンモニアは目の網膜（粘膜性）を侵すので、すぐに涙が出ますが、ホンオ・フェのアンモニアは強烈なので溢れんばかりに涙が出るのです。とにかく、ウッときてクラックラッと幾度もしました。

そしてそれでも小泉は、これらのいずれもについて、決して不味いとは書かないのである。先にも紹介した若江得行の『上海生活』（大日本雄弁会講談社、昭和一七年六月）の第一章「上海生活と日本生活」にも、「韮やにんにくを食べる事は日本では賤民の仕業と目されてゐた日もあつたらうが、私は今では之が一番の好物である。臭いけれどもうまい。うまいけれども臭い。誠に天二物を与へずである」と書かれている。しかしながら、臭いものが美味いということについては、韮やにんにくならば、既に日本人も共感できるであろうが、果たして、小泉の域に全員が達することはできるのであろうか。その点については留保した上で、しかしながら、小泉の書く臭さの表現は、類推という手法を最大限に使う譬喩の常套ではあるが、かなり具体的であり、書き手の伝達完遂願望について、より積極的な試みと言えよう。

開高健『小説家のメニュー』——美味しい匂い

もう一つ重要な要素は、小泉が挙げた例の中でも、虫の料理や、「キビヤック」に典型的であるように、人間は、それを口に入れる前に、まず匂いを嗅ぐが、それより以前か、ほぼ同時に、それを目で見て、ある感情を持つ。これらについては、慣れないものの多くにとっては、「嫌悪」であろう。その際に、視覚的な判断が、既に、味や匂いに影響を与えているものと判断できる。すなわち、見た瞬間、不味いという先入観が出来上がる。あるいは、不味い、と思う以前に、嘔吐感などの忌避感情が生じるのである。

開高健は、釣り師であり、世界中を旅行した作家であるが、食べ物に関しても貪欲な食欲を示した作家でもある。そのため、奇食や珍食も試みている。

『小説家のメニュー』(ティビーエス・ブリタニカ、平成二年一一月)には、鼠を食べた話が載せられている。ベトナム戦争の従軍記者として、南ベトナム政府軍に従軍していた時の話である。

——ある日、ジャングルを進行中に昼食時となった。わたしがぶらぶら歩いていると、兵士のひとりが洗面器の中にピンク色がかった白い肉と白菜を入れて、グツグツ煮ているところに出くわした。あたりには芳しい、いかにも食欲をそそるうまそうな匂いがたっている。私が眺めていると兵士が振りかえって、

「よかったら、いっしょに食べないか」

という。

わたしは喜んでご相伴にあずかった。薄い塩味のきいたその肉は、柔くてしかも張りがあり、淡白でありながらとても奥深い味をしていた。

「うまい！」

とわたしは思わず嘆声をもらしたのだが、食べ終わってから兵士のかたわらにふと目をやると、そこには腹からしたをちぎられた巨大なネズミの首が転がっていた。

「……!?」

嘔吐しそうになった。

このとおり、開高もこの時には、ネズミ食に対して、抵抗があったようである。しかしその後は、「はつかネズミ入りの五目スープ」などに舌鼓を打つなど、ネズミ料理を味わうよ

うになっていく。「アンデス山中のアレキバという古い町の料理屋」で食べたモルモットについては、次のように書かれている。

いま思い返しても、モルモットは絶品である。ちょっと特異な匂いがあって、人によっては敬遠したいというかもしれないが、しかしクサヤの干物とか、ゴルゴンゾラのチーズだとか、塩辛だとか、しょっつるだとか、ジョセフィーヌの秘所が好きな人なら、食べて、歓喜して、病みつきになってしまうだろうと思う。

このとおり、やはり、その記憶には匂いがかなりの部分を占めているようである。その特異な魅力を賞めるために、やや卑猥な譬えまで用意している。

同じような譬喩を、ドリアンについても用いている。サイゴンでの話である。

昼ごろにドリアンを買ってきて部屋の隅に転がしておき、それから午後にシエスタ(昼寝)を三時間か四時間して夕方に起きあがる。と、感覚がフレッシュなものだから、部屋の中いっぱいにドリアンの匂いが立ちこめているのがわかる。まるで香水の瓶のふたを開けたまま放置したように、部屋中が香りで溢れている。芳烈そのものである。しかし、ねっとりと豊満でありつつ、爽涼をもくっきりと含んでいる。思わず、のどが鳴ったものだ。

もっとも、ドリアンも初めて食べた人の意見を聞くと、チーズを鼻の先にちらつかせられたナポレオンが、

「Pas ce soir, Josephine.（ジョセフィーヌ、今宵はもうたくさんじゃ）」

と叫んだという、あの匂いがするという。クサヤの分解する匂いがするという。女体のある一部が、一週間ほど風呂に入らなかったときに匂うであろうような匂いだともいう。その通りなのだが、だからこそ、いったん味と香りを覚えたらやめられないのである。

このような譬えは、伝達目的のためか、開高に限らず、ある種の匂いを描写する際に実によく用いられる。ジョセフィーヌは迷惑千万であろう。

前掲の小泉武夫『くさいはうまい』の第二章「くさいはうまい」に収められた「チーズは猥褻である」という文章は、文字どおりこの匂いについて書かれた節である。

最も強烈で、その上ハッとするほどの個性を持ち、そしてたいがいの大人ならニヤリとするような猥褻な臭みを持ったチーズの代表はベルギーのチーズ「リンブルガー」でしょう。（略）同じ地方のエルヴェというチーズもやはり十五世紀にさかのぼる修道院チーズで、これも非常にご立派な臭みを持っています。

これらのチーズには、好き嫌いは人の好みとしても、なんといってもあの手の猛烈なにおいがあり、世界的にも有名です。外で召し上がったら、そのあとよく口を漱いでから帰宅しないと、奥方にあらぬ疑いをかけられることがあるというからご用心。

ドイツにもその手のチーズでなかなかのものがあり、特に「ティルジッター」というチーズは、その表面につくバクテリアと酵母との醸成作用によって表面熟成型のチーズとなっているため、風格さえ感じる臭さに出来上がっています。酒脱酔狂なドイツ人のペネルが、乳やその加工品のにおいを女性のにおいに形容して「娘はミルク、花嫁はバター、女房はチーズ」といったといいますが、まさにこのティルジッターは「女房のチーズ」に当たるものです。（略）

ドイツの手作りチーズに「ハントケーゼ」というのがありますが、これも表面熟成型の臭みの強いチーズです。少し、カラスミまたはくさやの臭さに類似していますが、やはりナポレオンが錯覚する、あの手合いのチーズであります。（略）
ニュージーランドの「エピキュアー」というチーズも実にビックリ仰天の代物であります。このチーズは、熟成工程を缶の中で行い、においの散逸を防ぐことを特徴としていますから、この缶詰を開けたとたん、それまで缶の中に充満していた猛烈な臭気がいっきにほとばしり出てきますから、これをまともにくらえば思わず立ちくらみするほど臭いのです。

このような話題に執拗にこだわり過ぎたかもしれないが、これでも、小泉が紹介するチーズのごく一部に過ぎない。省略した部分には、開高が書いていたナポレオンのエピソードも書かれている。それにしても、これらの描写の類型性はやはり特筆すべきものであろう。ここまでくれば、女性蔑視の非難も免れない。ただ、これらは共通して、それらがとにかく臭いものでありながら、なおかつ実に魅力的であることを大前提に書かれている。臭いはずのものが美味い匂いに変換される際の変換式に、これらの類似が関わっているわけである。
さらに、このような匂いの両義性は、匂いが、本能からかなり遠いところに位置することを意味するであろう。なぜなら、第一印象で臭いと思い、敬遠しようとしたものが、慣れるにしたがって、病みつきになるのであれば、嗅覚の情報選択機能は、いわば無化されたと判断せざるを得ないからである。最終的には、臭くても、魅力的であることが優先されるのである。もし本当に、発酵食品が身体に良いものであるならば、腐敗と区別するべく、最初から好い匂いを発散させなければ、本能的な弁別力は機能しない。

また、チーズやドリアンの匂いの魅力を、ある種の匂いとの類似で説明することにも、限界があろう。なぜなら、ある種の匂い自体が、両義的な匂いであり、必ずしもそれが人を惹きつけるとは限らないからである。チーズやドリアンの匂いが、それの代替品として嗅がれるのであれば、両義性もまた引き継がれる。

ここで、匂いに関して、いいものと悪いものという二項対立が、いかに無意味なものであるのかが明らかとなろう。ある匂いに、絶対的な、好悪や良悪の区別は当てはまらない。匂いとは、原理的に相対的な基準の中にあるか、あるいは複雑な関数的基準の中にある。

ところが、匂いに関する第一次的表現の語彙が少ないためか、匂いの多くは、類比として直喩的に語られることが多い。そのために、ある場合には、類比先の印象が付随し、混同が生じるのであろう。つまり、匂いの良悪の混乱は、とりあえず、譬喩の混乱からも影響を受けていることが考えられるのである。

　チーズの匂いとドリアンの匂いとある種の匂いとはそれぞれ違うものである。しかし、共通性を見つけ出そうという姿勢のために、共通する部分ばかりが強調され、それぞれの違いが見えにくくなっている。嗅ぎ分けることが、譬喩のために困難になっているのである。似ている部分ではなく、異なる部分を嗅ぎ分けることで、それぞれが、時に好い匂いとなり、時に臭い匂いとなる。臭くて美味いものこそは、その試薬として、我々に試みの場を提供してくれるであろう。

column 7 香魚

鮎のことを、別名で香魚と呼ぶ。この魚を好んだのが、食通北大路魯山人であった。魯山人は、『春夏秋冬料理王国』（淡交新社、昭和三五年二月）の「食通閑談」の章に、鮎に関する節を七つも掲げている。

例えば、「鮎の名所」には、「鮎のいいのは丹波の和知川が一番で、これは嵐山の保津川の上流、亀岡の分水嶺を北の方へ落ちて行く瀬の急激な流れで、姿もよく、身もしまり、香りもよい。今のところここ以上のを食ったことがない」と書かれている。

また、「鮎ははらわた」には、次のように書かれている。

鮎のうまいのは大きさからいうと、一寸五分ぐらいから四、五寸ぐらいまでのものである。それ以上大きく育ったものは、第一香気が失われ、大味でまずい。卵を持ち始めると、その方へ精分を取られるためか、香気を失うばかりでなく、肉が粗野になり、すべてに下品になる。

鮎のどの部分が一番うまいかと言えば、はらわたを持った部分である。

さらに、「鮎の食い方」には、いくつかの食べ方が紹介された後、「やはり鮎は、普通の塩焼にして、うっかり食うと火傷するような熱い奴をガブッとやるのが香ばしくて最上である」と書かれている。

『通叢書』の一冊である野崎小蟹『釣魚通』(四六書院、昭和五年九月)には、鮎は「香魚」と表記され、「香魚の沈釣の場所」の項には、「清流の岸に立つと、香魚が居る川ならば香気が鼻に感ずる」と紹介されている。また、「香魚の料理」としては、「塩焼、魚田等は珍肴で、骨柔かに、肉香ばしき佳魚である。腸は「うるか」となして賞味せられ且つ下痢症の良薬である」と書かれている。

確かに鮎は美味い。

第8章

記憶と幻臭

私はゆめうつつにそのうつすらした香りをかいだ。その香りは私の目の前の髪からといふよりも、私の記憶の中からうつすらと浮んでくるやうに見える。それは匂ひのしないお前の匂ひだ。太陽のにほひだ。麦藁帽子のにほひだ。……私は眠つたふりをして、その髪の毛のなかに私の頬を埋めた。

（堀辰雄「麦藁帽子」）

村上春樹「土の中の彼女の小さな犬」――幻臭としての死臭

村上春樹の「土の中の彼女の小さな犬」（『すばる』昭和五七年一一月）には、うまく再現できない匂いが書き込まれている。「品の良いオーデコロンの匂い」のする彼女の話である。彼女は、飼っていたマルチーズが死んだ時、悲しみのあまり、いろんなものと一緒に預金通帳も一緒に庭に埋めた。一年以上経って、友達のためにお金が必要になり、彼女は、庭を掘り返す。預金通帳を取り出した時、犬の顔も見える。


「その時私がいちばんびっくりしたのは、自分がまるで怯えてないってことだったわ。（略）ただ匂いだけが、いつまでも残ったわ」

「匂い？」

「通帳に匂いが浸み込んでいたのよ。なんていうのかよくわからない。とにかく……匂いよ。匂い。それを手に持つと、手にも匂いが浸みこんだの。どれだけ手を洗ってもその匂いは落ちなかったわ。どれだけ洗っても駄目なのよ。骨にまで匂いが浸みこんでいるの。今でも……そうね……そういうことなの」（略）

——

「結局」と彼女はつづけた。「何もかも無駄に終ったの。何の役にも立たなかったわ。通帳には匂いが浸みこみすぎていて、銀行にも持っていけずに、焼いて捨てたわ。それで話はおしまい」

——

この話を聞いて、「僕」は、「あなたの手の匂いをかがせてくれませんか？」と頼む。

それから僕は身をかがめて、彼女の手のひらにほんの少しだけ鼻先をつけた。ホテルの備えつけの石鹸の匂いがした。僕はしばらく彼女の手の重みをたしかめてから、そっとそれをワンピースの膝の上に戻した。
「どうだった？」と彼女が訊ねた。
「石鹸の匂いだけです」と僕は言った。

——

この、幻臭とも呼ぶべき現象は、おそらく、ある特定の匂いが、ただの嗅覚によって感じ取られるものではないという、匂いの仕組の本質を示している。
北原白秋の「香ひの狩猟者」（『多磨』昭和一一年四月）の「16」に、「手についた香ひなら墓場まで持つてゆかねばなるまい」というアフォリズムが見える。これは、右の事象を逆説的に述べたものであろう。

白秋は他にも次のように書いている。


香ひはほろびない。花は了へても香ひはのこる。始めもなく終りも無い。消えるやうに思へるのは色を眼のみで観る人の錯覚である。香ひは染みこむ、分解する。（「8」）君は香ひを鼻で嗅いでゐるのか。香ひは耳で聞き、皮膚で聞き、心頭で風味すべきものなのを。（「9」）

香ひからはじまる夢もある。しかし多くは白日の夢だ。香ひはロマンチシズムの濛気のやうで、その実きはめてリアルなものだ。何れをもとりあつめて深くなるほど悩ましい。（「23」）


論証を伴わない、極めて感覚的な物言いであるが、ここにも、幻臭なるものが生まれる前提が書かれている。

匂いは、実体であって、実体でない。この曖昧で中間的な、実に微妙な感覚であればこそ、幻が生じ得るわけである。これは、記憶の中の匂いとも実によく似た構造と言えよう。

堀辰雄「麦藁帽子」——麦藁の匂い

「私は十五だつた。お前は十三だつた」という文章で始まる、堀辰雄の「麦藁帽子」(『日本国民』昭和七年九月)には、麦藁帽子の匂いにかこつけた、少女の匂いの移ろいが書かれている。

お前はよそゆきの黄いろい薔薇の飾りのついた麦藁帽子をかぶつてゐる。そのしなやかな帽子の縁が私の頰をそつと撫でる。私はお前に気どられぬやうに深呼吸をする。しかしお前はなんの匂ひもしない。ただ帽子の薔薇がにほひでもするやうに、かすかに麦藁の日に焦げる匂ひがするきりで。……私は物足りなくて、なんだかお前にだまかされてゐるやうな気さへする。

ちなみに、『堀辰雄全集』第一巻(筑摩書房、昭和五二年五月)所収の本文では、「黄いろい薔薇の飾り」が、「赤いさくらんぼの飾り」になっている。いずれにしてもこの原初体験とでもいうべき匂いの体験が、その後の「私」の「お前」への気持ちに固着し、その後、もはや登場しない実物の麦藁帽子とは別に、何度もその匂いが漂ってくる。まず、一年後の夏のことである。

それにしてもこの一年足らずのうちに、お前はまあ何んとすつかり変つてしまつたのだ！ 顔立も、見ちがへるほどメランコリツクになつてしまつてゐる。そしてもう去年のやうに親しげに私に口をきいてはくれなかつた。昔のお前をあんなにあどけなく見せてゐた、黄いろい薔薇のついた麦藁帽子もかぶらずに、大きな少女のやうに、髪をうしろで葡萄のやうな恰好に編んでゐた。鼠色の海水着をきて海岸に出てくることはあつても、去年のやうに私たちに仲間はづれにされながらも私たちにうるさく附纏ふやうなこともなく、小さな弟のほんの遊び相手をしてゐる位なものであつた。私はなんだかお前に裏切られたやうな気がしてならなかつた。

毎朝のやうに、お前はお前の姉と連れ立つて村の小さな教会へ行くやうになつた。さう云へば、お前はどうもお前の姉に急に似てしまつたやうに見える。お前の姉は私と同年だつた。病人のやうに髪が赤かつた、しかしいつも気立のやさしい、寂しさうな様子をしてゐた。そして一日中、読書をしてゐた。（略）
それがもう秋の最後の日かと思はれるやうな、或る日のことだつた。（略）私は坂の上から秋の日を浴びながら二人づれの女学生が下りてくるのを認めた。私たちは空気のやうにすれちがつた。その一人はどうもお前らしかつた。すれちがひざま、私はふとその少女の無造作に編んだ髪に目をやつた。それが秋の日にかすかに匂つた。私はそのかすかな日の匂ひにいつかの麦藁帽子のにほひを思ひ出してゐた。私は息をはづませた。

ここでも、「病人のやうに髪が赤かつた、しかしいつも気立のやさしい、寂しさうな様子をしてゐた。そして一日中、読書をしてゐた」という箇所が、全集のものでは、「いつも髪の毛を洗つたあとのやうな、いやな臭ひをさせてゐた。しかしいかにも気立てのやさしい、いつつましさうな様子をしてゐた」と書き直されている。ここで、姉の髪の毛の匂いが、「いやな臭ひ」と代えられたことには特に注目される。この姉に徐々に似ていくことが、「お前」の成長を示すのであるが、「私」はそれを嫌がっている。ただ姉に似ることが嫌なのではなく、おそらく、成長という出来事を否定したいようである。病人のような赤い髪、というだけでは不十分だったのであろうか、そのことは、改稿後の匂いの表現からより直接的に伝わる。そしておそらくそのために、後にすれ違った「お前」の匂いがまだ麦藁帽子の匂いを想い出させるようなものであったことを、殊更に喜ぶのである。

さらに次の夏休みが過ぎ、大地震が起こる。はからずも一緒にY村に避難生活を送ることになった「私」と「お前」は、以下のように描かれている。

私はお前たちとその天幕の一隅に一かたまりになつて、重なり合ひながら、横になつた。寝返りを打つと私の頭はかならず誰かの頭にぶつかつた。さうして私たちはいつまでも寝つかれなかつた。ときをりかなり大きな余震がきた。さうかと思ふと誰かが急に思ひ出したやうに泣いた。……私がすこしうとうとしてから、ふと目をさますと、誰だか知らない女の寝みだれた髪の毛が私の頬に触つてゐるのに気がついた。私はゆめうつつにそのうつすらした香りをかいだ。その香りは私の目の前の髪からといふよりも、私の記憶の中からうつすらと浮んでくるやうに見える。それは匂ひのしないお前の匂ひだ。私太陽のにほひだ。麦藁帽子のにほひだ。……私は眠つたふりをして、その髪の毛のなかに私の頬を埋めた。お前はぢつと動かずにゐた。お前も眠つたふりをしてゐたのか？

現実に、そこに一緒にいるにも拘わらず、常に「お前」から漂ってくる、麦藁帽子の匂いと一体化した「お前」の匂い。これこそは、現実の匂いなるものの曖昧さを示すと共に、記憶の中の匂いというものの本質を示しているものと考えられる。要するに、現前する匂いと過去の匂いの間には、実は確固たる区別など存在しないのである。

加能作次郎「乳の匂ひ」——記憶を喚起する匂い

加能作次郎に「乳の匂ひ」(『中央公論』昭和一五年八月)という小説がある。主人公である「私」の一三歳から一四歳の頃に始まる、お信さんという年上の女への思慕が中心の小品である。お信さんは伯父の養女で、ある日、「私」が砂塵に「眼つぶし」を食わされた際、「いきなり、私の膝の上に跨るやうに乗りかゝつて、無理に顔を仰向かせたかと思ふと、後はどんな工合にさうしたものか、私は眼で見ることが出来なかつたが、次の瞬間、あッと思ふ間もなく、一種ほのかな女の肌の香と共に、私は私の顔の上にお信さんの柔かい乳房を感じ、頻りに瞬きしてゐる瞼の上に、乳首の押当てられてゐるのを知つた」「かうして乳汁の洗眼が行はれた」というようなことがあった。それから一〇年程経って、学生になった「私」は、お藤さんという、これも伯父の養女だった人から、お信さんが、「七条新地《はしした》で娼妓《おやま》」をしているという話を聞く。そうして、「その時の乳の匂ひが、未だに鼻に残つてゐるやうな気もした」「私」は、七条新地の通りを行ったり来たりするところで小説は終わっている。

ちなみに、目に塵が入った時に、乳を点眼することは、倉田百三「女性の諸問題」(『青春をいかに生きるか』角川書店、昭和二八年九月)にも、自らが受けた母の恩として書き留められている。一般的だったのであろう。

このお信さんの「乳」の匂いは、人物像が主で、その付随物というイメージで語られるものであるが、これとは逆に、匂いが主で、人物像がそこに付随的に喚起されるものもある。小川未明の「青い花の香」(『あかいさかな』研究社、大正一三年九月)などがそうである。

偶然ながら、主人公はのぶ子という名の一〇歳の少女である。のぶ子には遠方に「お嫁に行つてしまはれた」姉がいるが、のぶ子はよく覚えていない。「頭を傾けて、過ぎ去つた、その頃のことを思ひ出さうとしましたが、うす青い霧の中に、世界が包まれてゐるやうで、そんなやうな姉さんがあつたやうな、また、なかつたやうな、不確かさで、何となく、悲しみが、胸の中にこみ上げて来る」。

ある日、南アメリカにいるその姉から、数種の草花の種子が送られてくる。一家みんなでこれを植え、楽しみにして待っていると、翌春、真紅の花と、青い色の花が咲く。真紅の花はすぐに散ってしまったが、青い色の花は、いくつも花を開かせる。「その上、ほんとうになつかしい、いい香り」がする。そのために、以下のような場面が展開される。

> のぶ子は、青い花に、鼻を付けて、其の香気を嗅いでゐましたが、不意に、飛び上りました。
> 「妾《わたし》、お姉さんを思ひ出してよ……」かう叫んで、お母様の傍へ駈て行きました。
> 「妾《わたし》、あの、青い花の香りを嗅いで、お姉さんを思ひ出したの、背のすらりとした、頭髪のすこしちゞれた方でなくつて？」と、言ひました。
> 「あゝさうだつたよ」と、お母様は、よくお姉さんを思ひ出したといはぬばかりに、我が子の顔を見て、につこりと笑はれました。

ここで、母親は気づいていないかもしれないが、おそらく、一つの奇跡が起こっている。のぶ子は、覚えていたのではなく、青い花によって、姉の像を創出したのであろう。そうしてそれが、たまたま母には、覚えていたと思えるほどの特徴の類似を示していたのであろう。あるいは、いったん消えたはずの記憶が、再生されたのかもしれない。いずれにしても、のぶ子の意識の次元を超えた、特別の作用が起こっている。これは、あるいは幻臭かもしれないのである。

三好十郎「肌の匂い」——匂いによる人物捜索

三好十郎の「肌の匂い」(『婦人公論』昭和二四年八月~昭和二五年七月)という作品には、貴島勉という男が、タイトルのとおり、肌の匂いの記憶を頼りに、過去に肉体関係のあった女を捜す話を一つの中心とする小説である。三一章の以下の文章は、貴島が「私」こと三好という劇作家に送ってきた手紙のうちの一部分で、嗅覚について実に丁寧な自己分析をしている箇所である。やや長くなるが、解説を加えずそのまま引用してみよう。

> ただ、あの女にもう一度逢つて見ようと思うだけが、今僕の僅かな生甲斐のように感じられます。それなら、それが如何にコッケイなミジメな夢みたいな事であつても、そ

れをしてみるほかに無いとも思います。
そしてヒョイと気が附いたのは――（略）――あの女の匂いの事です。女の身体の匂い――体臭と言いますか、肌の匂いと言いますか、それを僕は憶えているのです。いえ、匂いなんですから、結局は記憶とは言えないかも知れません。ただ、憶えているような気がするのです。つまり、あの匂いに今度ぶつつかつたら、キット、ああこの人だという事がわかりそうな気が僕には、するのです。人に言うと笑われるかもしれませんが、その点では僕には確信みたいなものが有るのです。

小さい時から僕は嗅覚がおそろしく鋭敏なのです。それは実際コッケイな位で、一度かいだ匂いは、めつたな事では忘れません。その時にはハッキリ意識しないでも、それと同じ匂いをかぐと、たちまち思い出します。ことに、ふだんかぎ馴れた匂いと違つた匂いだと、忘れようと思つても忘れません。その点、僕の感覚――いやもつと体質と言つたようなもの――には多少異状なものがあるような気がします。それは小さい時から往々にして、僕を不幸にしました。と言うのは匂いに対してむやみと敏感で気になるものですから、食べ物や人間や場所、その他どんな物にもどんな所にも匂いの無いものは無いため、それにつれて好き嫌いが実に極端にひどいのです。僕が幸福になるためには、僕の好きな匂いのそばに僕は居なければならないし、又逆に、僕の好きな物や人は、いつの間にか、その匂いを僕は好きになつています。しかし、そんな場合は割にすくなくて、世の中には僕の嫌いなイヤな匂いの方が多いものですから、僕は不幸な事が多いのです。

僕が軍隊というものを嫌いになり、そして軍人の子に生れ、軍人の子として育てられながら、軍人になるのを本能的に嫌つて父親を悲しませるようになつたのも、最初のキッカケは実は匂いのためなんです。極く小さい時に、乳母に手を引かれて、父の勤めていた兵営の軍旗祭か何かを見物に連れて行かれた時、その兵営の広場で向うからやつて来た兵隊の行列とすれちがつた時に、汗の匂いと皮の匂いと、それからそのほかの匂いの入れまじつた、実に何とも言えない腐つた動物のようなイヤな匂いがムーッと僕の鼻に来て、僕は吐きました。自分では、それとは知らず、以来兵隊というものがシンから嫌いになつたらしいのです。これはホンの一例で、僕の子供の時からの生活には匂いと言うものが非常に大きな要素になつて附いて廻つているのです。

たとえば、好きな匂いの例ですと、僕は、顔も知らない、死んだ母の匂いを憶えているような気がします。乳母の胸の匂いは今でもハッキリと思い出せるんです。父の匂いも憶えています。Mさんの匂いも知っています。あなたの匂いも、言い当てることができます。そして好きな人の顔を思い出すのが先きか匂いを思い出すのが先きか知りませんが、とにかく匂いを思い出すと、僕はスナオな気持になり、純粋な愛情を感じ、その人がなつかしく、シンミリとなるのです。僕をこんなふうになし得るものは匂いだけなんです。実に変な事ですが、そうなんです。

小さい時は、他の人もみんなそうだと思っていました。しかし段々に自分が特別に匂いに対して敏感なのだという事がわかって来ました。そのために十六七歳頃、非常に悲観したことがあります。自分は何か普通の人とは違つた、そのうちに発狂でもする人間ではないだろうかと思つたのです。その後、何かの本で、天才的な性格の中に、おそろしく嗅覚の鋭敏な型があると言う事を読んで、すこし安心もしましたが、しかし自分が天才だなどとは、まさか思えないので、やつぱり苦しみました。

貴島は、出征の前夜、「Mさん」という男が貴島のために開いてくれた壮行会の後、ぐだぐだに酔っ払った上で、ある見知らぬ女と、生まれて初めての肉体関係を持つ。闇の中でのできごとでもあり、顔も思い出せないその女に、終戦後になって、会いたいと思い始める

貴島は、「私」こと三好に、その当時を知る人物のリストを作ってもらう。貴島は、終戦後、ごろつきとなって荒れていた自分の生活を立て直し、人生をやり直すきっかけとして、この女と再会したいと願っている。ところが、女の顔を忘れているので、捜索は困難を極めた。「Mさん」も既に亡くなってしまっている。女の手掛かりは、リストの中の十五人の女たちと、肌の記憶だけである。リストの女たちを順に訪ね歩くうちに、ふとしたことから、教えられて、ついに件の女を探り当てる。それはタミ子という女で、今は結核と性病にかかっていて、誰とも通常の会話を交わせなくなってしまっている。四〇章に掲げられた貴島からの手紙は以下のようなものである。

三好さん

僕は、あの女を捜し出したのです。

あの女――すくなくとも、僕には、あの女としか思えない女を、やっと見つけ出しました。そうです、考えて見ると、これが果してあの女であるかどうか、あやしくなります。証拠はなんにもありません。あの女も、なんにも言わないのです。では、僕に、これがあの女であることが、なんでわかつたのだろう？　身体の匂い？

そうです、そうだとも言えます。しかし、待てよ、ホントに匂いで、それがわかつたのか？

いや、そうでは無い。だつて、あの女を上野で見つけて、最初にあの女のそばに近寄つた時に、俺の鼻を襲つた匂いは、しめつてスッパイような、鯨のゾウモツが腐つて醗酵したような悪臭だつた。それが、あの女が身じろぎするたびに、身体の隅の方からあおられて来てムーッと俺を包んで、俺は吐きそうになつた。その中には、生きながら腐つて行きつつある人間のカラダから立ち昇るガスのような臭い。その中には、思い出のなつかしさや、まして情欲をそそるようなものは、まるで無い。……いやいや、しかし、もしかすると、人間の情欲だとか、思い出なんかも、実は匂いにすれば、そんなものなのか？　すると、やつぱり、この悪臭が、あの晩の女の匂いだつたのか？　……いやいや、ちがう！　俺の鋭どい嗅覚が、いくらなんでも、そんなに大きなまちがいを犯すことは無い。あの肌の匂いは、良かつた。美しかつた。この女の体臭は、ムカムカする。腐りかけている。

……そうなんです。

それでいて、「この女だ」と僕は思つたのです。確信に近いものが僕に生れたのです。それが、どういう事なのだか、僕には全くわかりませんでした。そして、今となつては、

——そんな事など、どうでもよいと思つています。……

ところで、貴島は、終戦後、「私」のところで出会った綿貫ルリという女に追いかけられていた。タミ子を捜し当ててしばらくした頃、病気の彼女と外出する貴島の前に、ルリが現れる。タミ子を見るルリの瞳の中に、嫉妬を含む嫌な色合いを見た貴島は、突然ルリに殴りかかる。その四四章の以下の場面は劇的である。

そして、そうして、ルリをなぐりつけている最中に、僕は、自分がルリを愛していることを知つたのです。愛していると言うよりも、惚れていると言うのがピッタリする。自分が惚れているのは、ホントはルリである。それはズット前からそうだつたのだ。それが、今まで自分にもわからなかつた。

俺が愛しているのはルリであつて、タミ子なんかでは無いのだ。バカ！　バカ！　バカ！（略）

僕はボンヤリとルリを見おろしていた。何か、出しぬけにルリは女になつている。僕の女に。……なんだつたのだろう、あれは？　わからない。なにか、男と女の営み——

つまり性交みたいな事が、ルリと僕との間に起きた。妙な話だが、たしかに、それ以外のものでは無い。やさしい、ウットリしたようなルリの顔も、そういう顔だつたように思う。

言つてしまいます。その時僕は、エキスタシイに入つていたのです。（略）

その時、強い匂いが来ました。ムッとする木の葉や草いきれに混つて、しびれるように、僕は不意に、あの晩の女の肌の匂いをクッキリと思い出したような気がしました。頭がボンヤリして来たのです。……しかし、実は、その匂いは、ルリの身体の匂いだつたのです。そこにウットリとしやがみこんでいるルリの身体からたちのぼつて来る匂いでした。

この貴島という、実に個性的な主人公を持つ物語は、匂いの曖昧さが生んだ、悲劇とも、喜劇とも取れるような「オチ」によって閉じられているわけである。ところで、この「オチ」は、四〇章において、既に匂いによって予告されていた。

——あの女の方は、あれから毎日、無理やりにつかまえてフロに入れて洗つてやつているので、最初のような、ひどい悪臭は立てません。しかし、やっぱり、どうにかすると、腐つた臭いがします。ルリは、良い匂いを出します。シットリとしたスモモの花のような匂いです。その二人が、抱き合つて寝ているのです。実に妙な気がします。

出征前夜に関係を持った女の記憶の取り違いと、匂いによる想起の物語は、とりもなおさず、実体であって実体ではない匂いの本質から生じるものということができよう。貴島が追っていたのは、匂いそのものではなく、匂いの幻想であったわけであるが、そもそも、匂いそのもの自体というものも、幻想とさほど大差がないとも考えることができる。まして、かつての匂いは既に失われたものであり、記憶というフィルターのかかった向こう側に存在するものである以上、今、ここにある匂いと比較することは困難を極める。今、ここにある匂いもまた、記憶によって、歪められる可能性があるからである。嗅覚器官である鼻によって、匂いを客観的に受け止められることができるのかどうかについては、この器官が、その匂いを数値化するのではなく、脳で判断される際に、記憶の中の他の要素、例えば映像や音などの記憶と相俟って定着されていることが想像されるために、それ自体の純粋な匂いの計測は、やはり難しいものと考えられるのである。したがって、この小説は、感覚なるものの

不安定さや曖昧さ、計測不可能な揺れ幅を持つことなどを逆手にとった小説であったといえるのではなかろうか。

いずれにしてもこの小説は、視覚重視の描写傾向とはひたすら別の形で、男女の関係を描こうと試みた作品であることは間違いない。嗅覚と記憶との結びつきは、視覚情報より曖昧である確率が高いと読者には思えるであろうから、嗅覚によって過去の取り違いを描くことはより容易であろう。しかしながら、記憶とは、たとえ視覚情報であっても、とにかく危うい曖昧なものである。そのことを伝えるには、視覚より嗅覚の方が適しているという、小説作法上の理由が、この作品を匂いの小説にした最大の理由なのであろう。

小川未明「感覚の回生」——匂いの再現による時空の同一化

小川未明の「感覚の回生」(『北国の鴉より』岡村盛花堂、大正元年一二月)に、少年時代を回顧しての次のような文章がある。

また草の繁つた中に入つて、チツ、チツ、チツと啼いてゐる虫の音を聞き澄して捕へやうと焦つたものだ。自分の踏んだ草が、自然に刎ね返つて、延び上つた姿、青い葉の裏に、青い円い体に銀光の斑点の付いてゐる裸虫の止つてゐるのも啼く虫と見えて、ぎよつとしたこと、其の時の小さな心臓の鼓動、かゝる空溝に生えてゐる草叢にすら特有の臭ひ、其等は、今、かうやつて机に向つてゐると、まざ〱として目に見え、鼻に来る覚えがする。

けれど、平常ペンを採つてゐて、この色、この臭ひを今考へる程強く書いたことはなかつた。

また、かゝる日に自己の興を求めて殺生した事実について考へさせられたこともなかつた。

真面目に自己といふものを考へる時は常に色彩について、嗅覚に付て、孤独を悲しむ感情に付て、サベージの血脈を伝へたる本能に付て、最も強烈であり、鮮かであつた少年時代が追懐せられる。故に、習慣に累せられず、智識に妨げられずに、純鮮なる少年時代の眼に映じた自然より得来た自己の感覚を芸術の上に再現せんとして、努力するのは、蓋し、茲に甚大の意義を有することを知《しる》からである。

ここには、感覚を文章にする営為についての自己言及が見られる。小川はそれを、「回生」という言葉で表現している。

小川はここで、誰もが持つ少年時代や少女時代の記憶の中にある感覚を、意識的に再現することを、芸術の一つの意義としている。いわば、感覚の自動化以前の、「純鮮なる」感覚の回復を願うのである。それは、再現であると同時に、現在の我々の鈍化した感覚の活性化をも意味するであろう。

再現や回生とは、実は、過去の話ではなく、現在時における、我々の感覚についての話である。匂いはこの時空を超越し、両者を繋ぐ媒介者である。殊に児童文学に関わる小川にとっては、大人が童話を書くという根本的なディレンマを、この媒介者によって繋ぎ、混淆させ、過去であって現在であるという時間を、人間の幼少時と成人後の相違を超えた人格同一性と類比させ、この時空の超越作用によって、解決しようとしたものなのではあるまいか。

もちろんこのような記憶の時空超越は、幼少時と成人後だけに起こるわけではない。宇野浩二の「蔵の中」(『文章世界』大正八年四月)などには、もう少し近い過去と現在との時空の往来が見られる。

この物語は、質屋に預けた自分の着物を、自分で虫干しすることを願い出て許され、質屋の蔵の中で、それら着物を眺めながら、その着物にまつわる思い出を回想するという基本的な構造をもつ。語り手は、「この縦横の綱にぶらさがつてゐる著物の一つ一つを一と目見ただけで、私には、思ひ出すべからずと禁ぜられても、何一つ女の思ひ出を呼びおこさぬものはありません」と語り、過去の女たちとの出来事を順に披露していくのである。

ちなみに、山路というこの語り手は、質屋の蔵の中で、これも自ら質入れしている蒲団の中に横になりながら、思い出に耽っている。この姿勢もまた、山路の幼時返り、あるいは胎児返りを表現しているのかもしれない。

さて、この蔵の中における追懐には、やはり山路の嗅覚も関わっている。山路の着物好きの一つには、その匂いに対するものがあるからである。このことについて、山路は自ら次のように語っている。

私は、妙な性分で、子供の時分から、物の臭ひが妙にいろいろと何によらず好きで、油煙でも、石炭酸でも、畑の肥料の臭ひでも、さては塵埃の臭ひでも、それぞれの、(例外は無論ありますが、) 臭ひがそれぞれに好きなのです。私たち小説家の仲間に近頃鼻紙の洟をなめて喜ぶ男などを書いた男がありますので、こんなことをいふと、その真似でもするやうですが、これは私には本当なのですから仕方がありません。ところで、その反古紙の著物の包みの棚の部屋にはひると、その包みの反古紙や、その中の著物や、さてはその著物の中にはさまれてある、樟脳、ナフタリン、それから部屋の中の塵埃などの臭ひが一しよになつて、それが私には何ともいへぬ物なつかしい臭ひとなつて私の鼻を打つのです。私は第一にそれが気に入りました。(勿論この臭ひを毎日かがされてはたまりますまい。)

このとおり、着物の匂いは、それに付随する他の匂いとも相俟って、もともと嗅覚が敏感な山路を魅了してやまない。次に訪れた時にも、「二階のあの図書館の図書室めいた著物の反古紙包みの山の中にはひつて行きますと、私は、すつかり外のことは忘れてしまつて、愉快な気持ちにかへりました。人の物であるとは思ひながら、この反古紙包みがすべて著物をつつんであるかと思ふと、何といふ愉快な眺め、そして、それらから起こる何といふ懐しい匂ひでせう」と、その匂いについて言及することを忘れていない。

おそらく、この匂いが、山路の追懐に大きく作用しているのであろう。目の前の着物と、過去の、それを着ていたり、くれたりした女性たちの姿とが二重写しになっている。蔵の中という、匂いが閉じ込められた密室であることが、その記憶の再現をより潤滑に行わせたものと想像される。

このような直接的な記憶の喚起に関わる匂いと比べて、先に見た、三好十郎の「肌の匂い」の女の匂いなどは、匂いの本質をより真摯に伝えているものと思われる。それは、記憶と現在の媒介者でありながら、時間と空間の隔たりによって、現実には誤解や取り違いを起こすようなものである。匂いは、このように、不確定な証拠物件としてしか機能することができない。宇野の「蔵の中」の中における、確かな媒介者と証言されている着物の匂いもまた、現実には、山路の空想もまた、あくまで夢想や幻想に過ぎないものであることを、間接的な形で示していると考えられるのである。

column

8

匂いによる推理

岡本綺堂の「半七捕物帳」シリーズには、匂いがよく登場する。例えば「蝶合戦」(『講談倶楽部』大正一四年四月、引用は『時代推理小説　半七捕物帳(二)』光文社、昭和六一年三月)という一篇においては、木像についた油の匂いで、下手人がわかるという設定になっている。


半七はその木像を撫でまわして、更に二、三ヵ所嗅いでみた。そうして、小声で熊蔵に云った。

「熊や、おめえも嗅いでみろ」(略)

「おい、おめえはさっきあの木像を嗅いで、どんな匂いがした」

「なんだか髪の油臭いような匂いがしましたよ」

「むむ」と、半七はうなずいた。「善昌は尼だ。髪の油に用はねえ筈だ。なんでも油いじりをする奴があの木像に手をつけたに相違ねえ」

「すると、そのお国とかいう女髪結がいじくったかも知れませんね」

「おめえはあの死骸を誰だと思う」

「え」と、熊蔵は親分の顔をながめた。

「おれの鑑定では、あれがお国という女髪結だな」

「そうでしょうか」と、熊蔵は眼を見はった。

「どうしてわかりました」

「あの死骸の手にも油の匂いがしている。梳き油や鬢付けの匂いだ。元結を始終あつかっていることは、その指をみても知れる。善昌は三十二三だというのに、あの肉や肌の具合が、どうも四十以上の女らしい。足の裏も随分堅いから、毎日出あるく女に相違ねえ」

「それじゃあお国の首を斬って、その胴に善昌の法衣を着せて置いたんでしょうか」


このような推理である。

「一つ目小僧」（『サンデー毎日』大正一三年七月一日、引用は『時代推理小説　半七捕物帳（三）』光文社、昭和六一年五月）という一篇にも、次のような箇所がある。


どの座敷も畳をあげてあったが、台所につづく六畳の暗い一と間だけには破れた琉球畳が敷かれていて、湿っぽいような黴臭いような匂いが鼻にしみついた。半七は腹這いになって古畳の匂いをかいだ。

「松。おめえも嗅いでみろ。酒の匂いがするな」

松吉もおなじく嗅いでみて、うなずいた。

「酒の匂いはまだ新らしいようですね」

「むむ。おめえは鼻利きだ。酒の匂いは新らしい。第一、これは女中部屋だ。ここで酒をのむ者はあるめえ。このあいだの奴らがここに集まっていたに相違ねえ。まあ、引窓をあけてみろ」

松吉に引窓をあけさせて、その明かりで半七は部屋じゅうを見まわした。押入れのなかも調べた。障子をあけて台所へも出た。沓ぬぎの土間へも降りて見まわしているうちに、かれは何か小さいものを拾った。それを袂に入れて、半七はもとの座敷へ戻った。

「さあ、もう帰ろうか」

そしてこの時拾った「按摩の笛」から、この古屋敷に住む「一つ目小僧」が、不良按摩が化けたものであることを見破るというわけであるが、その悪巧みに気づくきっかけは、誰も居ないはずの古屋敷に、新しい酒の匂いがしたからであった。

半七は、実によく鼻が利く岡っ引きだったようである。

第9章

木と雨と空気の匂い

僕と彼女は窓の外を眺めながら黙ってコーヒーを飲んだ。開け放しになった窓から雨の匂いがした。雨には音がなかった。風もない。不規則な間隔をとって窓の外を落ちていく雨だれにも音はなかった。雨の匂いだけが部屋の中にそっと忍び込んできた。

（村上春樹「土の中の彼女の小さな犬」）

村上春樹「午後の最後の芝生」——木の香り

栗原堅三の『味と香りの話』（岩波書店、平成一〇年六月）によると、木の香りの好き嫌いには個人差があり、「三分の二の人は、タイワンヒノキの精油を「好きだ」と感じるが、残りの人は「どちらでもない」あるいは「嫌い」と評価した。「好き」と評価した人では、精油を嗅いだとき生理的評価でもリラックスの状態になるが、「好きでない」と評価した人は逆の生理的反応があらわれる」とのことである。

木の香りの効能もまた、木それ自体に基因するというよりも、多分にそれに対する印象とそれによってもたらされる気分とによるもののようである。おそらく、木の香りによって何を連想するのかなどの体験的要素が、その印象を異にする要因となっているのであろう。

宮本輝の「にぎやかな天地」（『読売新聞』平成一六年五月一日～平成一七年七月一五日）には、主人公の船木聖司が松葉伊志郎に連れられて、「すし峯」という寿司屋を訪れる場面がある。ここには、いかにも心地よさそうな、木の好い香りが描かれている。しかもそれは、木の香りとして一般的に想像するような、檜や杉の香りだけではなかった。

聖司は（略）松葉に勧められるままに、まだ木の香りがするすし峯のカウンター席に坐った。その木の香りは一枚板のぶあついカウンターの匂いではないことは、聖司にはわかる。これまでの幾つかの老舗料亭の取材で、料理屋、とりわけ寿司屋のカウンター用の木に檜や杉は使わないことを知ったからだった。寿司屋のカウンターに最も適した木材はイチョウなのだ。

すし峯の概観は、いかにも京都の古い町家といった感じだったが、店内は、天井も、カウンターのうしろ側に一部屋だけ設けてある座敷の柱にも檜が使われていて、それらはまだ新しかった。

檜や杉の香りは、やや自己主張しすぎる。そのために、「すし峯」に限らず、老舗料亭など配慮の行き届いた店では、料理の匂いや味を損ねないために、直接に食べ物を置くカウンターなどには檜や杉を用いない。かといって、木材が用いられないというわけではない。イチョウにも、木の香りは確かにある。一方、客を心地よく招き入れる店の建具には、檜などが好んで用いられる。これらの伝統的な配慮を見るだけで、その店が、料理というものの匂いや味を、微細で大切なものとして殊更に意識しているか否かがよくわかるのである。このことを念押しするかのように、二人は鮨の前にまず、香りを活かした土瓶蒸しを注文している。

もちろん、杉や檜の香り自体に、食べ物の匂いを損ねる働きがあるわけではない。これを活かした料理や活用法もたくさんある。

波多野承五郎『食味の真髄を探る』(万里閣書房、昭和四年一二月)には、「(百二十四) 酒の木香」という節がある。

日本酒には、木香をつけねば、旨く飲めない。それは醸造後、大桶から新しい四斗樽に移されてからつくのだ。大桶と言ふのは、(略) 吉野杉の樹齢百二三十年位のものだ。(略)

酒樽は、(略) 日本酒では杉の樽、葡萄酒は楢材の樽に詰めてある。之れは、いづれも杉や楢の木香を酒に移す目的であるのだ。殊に、灘酒の四斗樽は、吉野杉であつて、然かも樹齢七八十年位のものがよいとしてある。老木は勿論、若木でもそれから発散する木香は迚も七八十年木には及ばないと言ふ事だ。

また、「(百四十九) 食味と木香」という節も用意されている。

木香は一種の香料で、香料は、食味になくてはならぬ。而して杉は、我国民性と最も親みが深いから、此香りを食味に移して調理する方法が出来て居る。それは料理方が、杉焼と言ふ名称で呼んで居るものだ。骨牌大の杉の薄板の上に、魚の切身を乗せ、其儘、焼くと杉の香りが魚に移つて、一種の香味を出すのである。尚、他に板焼豆腐と言ふのがある。(略) 又、へぎ焼と言ふのもある。(略)

西洋には、楢の木香を食味に移す料理法がある。(略) 燻製の鮭なども矢張り、木香が移つて居るので、旨くなるのだ。鯛を浜焼にする時に、青松葉を入れるのも矢張り、松葉の芳香を鯛に移そうとするのだ。茸狩の時に松の落葉を集めて松茸を焼くのも、松葉の香りをつけるためだ。土佐名物の鰹のたたきも、藁の香りがついて旨くなる。柏餅や桜餅も、木の葉の香りを菓子に移して居るのだ。

このように、食味に木の香りをつけることは、むしろ美味さを増す秘訣であった。鮨屋のカウンターにおける香りへの配慮と、杉焼などの料理法とは、いずれも、木の匂いという要素が、料理において、繊細ながら実に重要な役割を果たすという事実を強く示している。
村上春樹に、『中国行きのスロウ・ボート』（中央公論社、昭和五八年五月）に収められた「午後の最後の芝生」（『宝島』昭和五七年八月）という小品がある。芝刈りのアルバイトをしている大学生の「僕」は、ある日、アルバイト先で、しばらく前に亭主に死なれた女に、見て欲しいものがあるので家に上がれと誘われる。

「こっちだよ」と彼女は言って、まっすぐな廊下をぱたぱたと音を立てて歩いた。廊下にはいくつか窓がついていたが、隣家の石塀と育ちすぎたけやきの枝が光をさえぎっていた。廊下にはいろんな匂いがした。どの匂いも覚えのある匂いだった。時間が作り出す匂いだ。時間が作りだし、そしてまたいつか時間が消し去っていく匂いだ。古い洋服や古い家具や、古い本や、古い生活の匂いだ。廊下のつきあたりに階段があった。彼女は後を向いて僕がついてきていることを確かめてから階段を上った。彼女が一段上るごとに古い木材がみしみしと音を立てた。

そうして女の娘の部屋を見せられ、ウォッカ・トニックを飲み、そのあと、再び玄関に出たときには、「日の光が僕のまわりに溢れ、風に緑の匂いがした」と感じている。家の中と外とが、匂いによって対比的に描かれている。どちらも木や紙や草に関わる匂いであるが、まったく違った匂いとして描かれている。その差を作るのは、人間であり、時間であり、生活である。

この他にも、村上は木の香りをよく描いている。「1973年のピンボール」(『群像』昭和五五年三月)には、「事務所の机に座り、女の子のいれてくれたコーヒーを飲みながら六本の鉛筆を削る。部屋中が鉛筆の芯とセーターの匂いでいっぱいになった」という記述や、「木々の葉の香り」、また「雨上がりの雑木林には湿った落ち葉の匂いが漂い、夕暮の光が幾筋か射しこんで、地面にまだらの模様を描く」というような描写が見える。

村上春樹「土の中の彼女の小さな犬」——雨と土と空気の匂い

もう少し丁寧に、村上春樹の描く匂いを追ってみたい。

前章でも取り上げた『中国行きのスロウ・ボート』に収められた、「土の中の彼女の小さな犬」には、「雨の匂い」が書かれている。

僕と彼女は窓の外を眺めながら黙ってコーヒーを飲んだ。開け放しになった窓から雨の匂いがした。雨には音がなかった。風もない。不規則な間隔をとって窓の外を落ちていく雨だれにも音はなかった。雨の匂いだけが部屋の中にそっと忍び込んできた。

村上春樹はよく雨の匂いを書く。「羊をめぐる冒険」(『群像』昭和五七年八月)にも、「あたりには雨の匂いが漂っていた」という表現が見られた。

「風の歌を聴け」(『群像』昭和五四年六月)の「27」にも、僕が見ている「嫌な夢」のなかの描写として、「西の空には不吉な黒い雲が一面に広がり始め、あたりには微かな雨の香りがした」とあり、「1973年のピンボール」にも、「電車の中にまで雨の匂いがしたが、雨はまだ一粒も降ってはいなかった」と書かれている。

ところで、雨に匂いはあるのであろうか。

「風の歌を聴け」の「18」には、「雨が通り過ぎた後には海の匂いのする湿っぽい南風が吹き始め、ベランダに並んだ鉢植の観葉植物の葉を微かに揺らせ、そしてカーテンを揺らせた」と書かれている。これは、雨の後の、海の匂いを含んだ、風の匂いである。しかし、考えてみれば、雨の匂いと、大気中に漂う海の匂い、および風の匂いの区別は難しい。それらは入り混じっているか、あるいは同じものかもしれない。「27」にはまた、「微かな南風の運んでくる海の香りと焼けたアスファルトの匂いが、僕に昔の夏を想い出させた。女の子の肌のぬくもり、古いロックンロール、洗濯したばかりのボタン・ダウン・シャツ、プールの更衣室で喫った煙草の匂い、微かな予感、みんないつ果てるともない甘い夏の夢だった」とも書かれている。風と海の匂いは、記憶の中のあらゆるものと繋がっているようである。「29」には、「夕暮になって涼しい風が吹き、あたりにほんの僅かにでも秋の匂いが感じられる頃になると」という表現も見える。これはやや譬喩的であろうが、「あたりに」という言葉が、それが空気の匂いであることをも指し示している。「35」には、「夏の香りを感じたのは久し振りだった。潮の香り、遠い汽笛、女の子の肌の手ざわり、ヘヤー・リンスのレモンの匂い、夕暮の風、淡い希望、そして夏の夢……」と、さらに女の子の髪から漂う匂いも付け加えられている。

総合的に見て、これらは、実体としての個別のものの匂いというより、登場人物たちが居る場所の、漠然としたある雰囲気としての空気を指すものに近いのではないだろうか。

このことの傍証となりそうな表現として、「10」に、「ジェイズ・バー」の空気についての記述が見える。

僕は「ジェイズ・バー」の重い扉をいつものように背中で押し開けてから、エア・コンのひんやりとした空気を吸いこんだ。店の中には煙草とウィスキーとフライド・ポテトと腋の下と下水の匂いが、バウムクーヘンのようにきちんと重なりあって淀んでいる。

ここに描かれた匂いの重層性こそは、この小説の修辞法を代表している。おそらく、「バウムクーヘンのようにきちんと重なりあって淀んでいる」ような空気など、この世にはありえない。ここに構築されているのは、言葉だけによる、いわば幻影と幻臭の世界である。村上春樹の初期作品の特徴は、このような具体物の列挙に隠された非実体性にある。これは、この小説の具体的な数字の書きつけという方法にも通じる。僕と鼠の飲んだ「25メートル・プール一杯分ばかりのビール」と同様の修辞なのである。

「1973年のピンボール」には、土の匂いも書かれている。ある井戸掘り職人について、「気むずかしい偏屈な男だったが、井戸掘りに限っては正真正銘の天才」で、井戸掘りを頼まれると、「方々の土を手ですくって匂いを嗅いだ」。そして、納得する場所を掘り下げ、美味しい井戸水を探り当てる、と紹介されているのである。

土にはさまざまな含有物により、匂いがあるのは当然であろうが、ここに見られる嗅覚も特殊である。具体的な匂いでありながら、それを超えた別物のようでもある。

空気の匂いもこれらによく似ている。空気の匂いとは、先験的に譬喩であるような場の空気そのものの謂いなのである。

村上春樹「中国行きのスロウ・ボート」——香の匂い

村上春樹の「中国行きのスロウ・ボート」(『海』昭和五五年四月)には、「僕」が彼女を新宿のディスコティックに誘う場面がある。その場面は、「ホールは心地よい暖かさに充ちて、汗の匂いと、誰かが焚いたらしい香の匂いが漂っていた」と書かれている。香がこのような形で取り入れられていくのは、アジアの文化が本格的に見直されていく一九八〇年代以降のことかもしれない。それまで、香と言えば、香道という特別な文化を除けば、お寺や葬式など、死に近いイメージか、中国や東南アジアなど、アジアの国々の習慣として捉えられていたはずである。

この小説には、冒頭近くに二つの匂いの記憶が語られている。まず「僕」が、野球の試合で球を追いかけ、バスケットのゴール・ポストにぶつかり脳震盪を起こした際、目を覚ました時に、「乾ききったグラウンドにまかれた水の匂いと、枕がわりの新品のグローヴの皮の匂いが最初に僕の鼻をついた」ことと、模擬テストのために中国人小学校を訪れた際、予想していた「じっとりと黴臭い空気」ではなく、「なんていうか、すごくつるっていう感じの匂いがしてたんだ、教室じゅうにさ。うまく言えないけれど、本当に薄いヴェールみたいなさ。それで……」と思い出す場面である。

さらに、二八歳になってから、顔が思い出せない高校時代の知り合いの中国人と再会した場面では、「僕」の記憶が曖昧であるのと対照的であるかのように、その中国人は、「昔のことをひとつ残らず覚えてるんだよ」と言って、次のように語る。

「それも、実にありありと思い出すんだな。その時の天気から、温度から、匂いまでね。時々自分でもわからなくなるんだ。いったい本当の俺は何処に生きている俺だろうってね。そんな気がしたことあるかい?」

これに対し、「僕」は「ないね」と素っ気なく答えている。この中国人は、匂いまで思い出す自分の居場所を、今、ここにあるのではなく、記憶の彼方の方が、リアリティがあるので、そちら側にあるのではないかと疑っているかのようである。この、現実世界の存在感の稀薄さと、それを裏返すかのようにある記憶の世界のリアリティの逆転現象が、天気や温度や匂いによって感じ取られているようなのである。

このことから類推されるものとして、薄田泣菫の「雨の日に香を燻く」（『太陽は草の香がする』アルス、大正一五年九月）という文章がある。ここにも、香と記憶を繋げる文章がある。

香を焚くのは、どんな場合にもいいものですが、とりわけ梅雨の雨のなかに香を聞くほど心の落ちつくものはありません。私は自分一人の好みから、この頃は白檀を使ひますが、青葉に雨の鳴る音を聞きながら、じつと目をとぢて、部屋一ぱいに漂ふ忍びやかなその香を聞いてゐると、魂は肉体を離れて、見も知らぬ法苑林の小路にさまよひ、雨は心にふりそそいで、潤ひと柔かみとが自然に浸み透つて来ます。この潤ひと柔かみとは、『自然』と『我』との融合抱和になくてはならない最勝の媒介者であります。私の魂が宇宙の大きな霊と神交感応するのもこの時。草木鳥虫の小さな精と忍びやかに語るのもこの時。今は見るよしもない墓のあなたの故人を呼びさまして、往時をささやき交はすのもこの時です。

泣菫もまた、匂いに敏感な詩人であり、随筆家で、他にも匂いについて書かれた文章が多い。例えば、『艸木虫魚』(創元社、昭和四年一月)に収められた「松茸」には、松茸の香りを超えて、香りについての彼の哲学も開陳されている。

西日のあたつた台所の板敷に、五六本の松茸が裸のままでころがつてゐる。その一つを取り上げてみると、この菌特有の高い香気がひえびえと手のひらにしみとほるやうだ。ものの香気ほど聯想を生むものはない。松茸の香気を嗅いですぐに想ひ浮べられるものは、十月の高い空のもとに起伏する緑青色の松並木の山また丘である。馬には馬の毛皮の汗ばんだ臭みがあり、女には女の肌の白粉くさい匂ひがあるやうに、秋の松山にはまた松山みづからの体臭がある。日光と霧と松脂のしづくとが細かく降注ぐ山土の傾斜、ふやけた落葉の堆積のなかから踊り出して来たこの頭の円い菌こそは、松山の赤肌に嗅がれる体臭を、遺伝的にたつぷりと持ち伝へた、ちやきちやきの秋の小伜である。

このような匂いの作用によって、泣菫は、想像と幻想により、郷土にもいつでも飛んで戻ることができるとするのである。

泣菫の香りの哲学は、「茸の香」(『泣菫小品』隆文館、明治四二年五月)に遺憾なく著されている。

茸を噛むと秋の香が齦《はぐき》に沁むやうな気持がする。味覚の発達した今の人の物を喰べるのは、其の持前の味以外に色を食べ香気を食べまた趣致を食べるので、早い談話が蔓茘枝《つるれいし》を嗜《す》くといふ人はあくどい其色をも食べるので、海鼠を好むといふ人は、俗離れのした其の趣をも食べるのである。香気にしてからが然うで、石花菜《ところてん》を食べるのは、海の匂を味はひ、香魚を食べるのは淡水《まみづ》の匂を味はふので、今恁うして茸を食べるのは、軈てまた山の匂を味はふのである。山も此頃のは、下湿りのした冷たい土の香である。

這麼事を考へながら茸を味つてゐると、今日此頃ついぞ物を味ひしめるといふ程の余裕が無くなつてゐたのに気が付いた。唯既《も》う口腹の欲を充たすといふのみで、甚麼物も皆同じ様に掻き込んでぐつと嚥み下すに過ぎなかつた。若し偶然《ひよつと》して羹物《あへもの》の中に胡桃の殻でも交つて居らうなら、私は何の気もつかずに、夫をもつい噛み割つたかも知れぬ。私達の味覚は嗅覚だの聴覚だのと一緒に漸次と繊細《きやしや》に緻密になつて来たに相違ないが、其の一面にはお互の生活に殆ど緩り物を味ふといふ程の余裕が無くなつて、どうかすると刺戟性のもので、額安《かくやす》に、手取早く味覚の満足を購ふといつた風になり勝なので、感覚の敏さが段々と弛んで、終ひには痺れかゝつて来るのではあるまいか。然うすると私達も、いつかは茸のやうな這麼仄かな風味に舌鼓を打つ興味に感じなくなつて了ふかも知れぬ。

五官の衰えは、文化の移ろいに従うというわけである。

無と有の間で

空気は、普段は自らの存在について自己主張はしない。風がその例外である。その風にしたところで、空気の動きに過ぎず、風という物質はない。空気に物質性はあるが、純粋な空気に匂いはないであろう。空気の匂いとは、多くは空気に混じり込んだ、他の物質の匂いを指すのではなかろうか。

M・メルロー＝ポンティ著、竹内芳郎・木田元・宮本忠雄共訳『知覚の現象学』2（みすず書房、昭和四九年一一月）の第二部「知覚された世界」の「I　感覚するということ」には、感覚について以下のような記述が見える。

感覚する者と感覚されるものとは二つの外的な項のようにたがいに面と向い合っているのではないし、また感覚は感覚されるものが感覚する者のなかへ侵入していくことでもない。色をささえるのは私のまなざしであり、対象の形をささえるのは私の手の運動なのである。あるいはむしろ、私のまなざしが色と、私の手が固いものや軟かいものと対になるのであり、感覚の主体と感覚されるものとのあいだのこうした交換においては、一方が作用して他方が受けるとか、一方が他方に感覚をあたえるとか言うことはできないのだ。私のまなざしや私の手の探索がなければ、また私の身体がそれと共時化する前には、感覚の対象は漠然とした促し以外のなにものでもない。（略）天空の青をながめる私は、無世界的主体としてそれに向き合っているのではない。私はそれを思惟のなかで所有するのではない。私はそれをまえにして、その秘密を私にあかしてくれるような青の観念をくり拡げるのではない。私はそれに身をゆだねる。私はこの神秘のなかへ入りこむ。（略）私は、集中し静思しそして対自的に存在しはじめる空そのものである。私の意識はこの無限の青によって満たされる。

これは、現象学に典型的なものの見方であり、感覚とは、主体によって一方的に知覚することを指すのではなく、感覚的意識において一時的にそこに成立する、主体と対象との特殊な一体化の状態であることが示されている。メルロー＝ポンティの場合は、引用文からも明らかなように、視覚的感覚と触覚的感覚が特に重視されているが、この感覚のあり方においては、嗅覚においても共通するものであろう。経験論と主知論との二者択一を超えて、感覚するものと感覚されるものとが出会うときに一時的に生じる何かが、「匂い」の正体なのである。

小説に描かれた空気の匂いとは、多くの場合、そこに実際に漂っていたものというよりは、むしろ、語り手がそれを感覚することによってそこにあらためて現前するもののようである。そこには、あるとするならば、「くう」なるものが予め存在している。「くう」なるものの匂い、その無としての存在感が、匂いの本質に関わっている。匂いとは、実はそこには無いが、人がそこにあえて嗅ぎ出すものとして書かれている。

文字だけでできあがった小説空間においては、実はありとあらゆるものが、その存在性において、あやふやで曖昧なものである。青い空が広がっていた、と描写されたところで、その青の色については、まず語り手の見た青がどのような色であるのか不明であるという点で曖昧であり、さらに、青に見えたこと自体が、語り手という感じ手に起こった個的な現象であるという点において、共有が難しいものである。あらゆるものにこの二重性が存在する上に、抽象語においては、その振り幅がさらに大きくなる。

しかしながら、視覚的描写に代表される表現の多くは、読者との距離を錯覚によって超越する。文字記号によってシニフィエとして提出された概念と、現実世界の実在物とを、いとも簡単に混同する。両者が同じ存在性をもつという誤解によって、読者は読書行為の遂行を可能としている。

この読書に付随する根源的な誤解にかろうじて気づかせてくれる表現が、本来的に曖昧さを内包する嗅覚に関わる描写と言えよう。

北原白秋「新橋」——都会の入り口の香り

北原白秋の「新橋」（『女子文壇』明治四二年七月）には、新橋の駅の匂いが書かれている。白秋は、福岡の柳川に育ったが、明治三七年、早稲田大学の予科に入学するために上京した。「新橋」はその時の気持ちを描く随筆である。上京途上、そして新橋駅で嗅いだ匂いは、地方から初めて東京に出てきた人間が感じる、憧れと違和感の相混じった匂いであった。譬えは白秋には失礼であろうが、あたかも、新しい道を歩く犬のように、少年はところどころで嗅覚を過敏に働かせる。

> 私が東京に着いて一番に鋭く感じたのは新橋停車場の匂でした。門司ではバナナや鳳梨《あななす》の匂を嗅ぎながら税関の前に出るとすぐ煤烟のなかを小蒸汽に乗つて関門海峡を渡つたので都会と云ふ印象よりも殖民地といふ感が強かつた、究竟、都会としての歴史や奥行といふものがなく出口と入口とが同一になつてゐるからであらう。その他、神戸大阪京都名古屋と云ふ順序で東海道の各都会を通過しては来たものの、それはただ旅愁の対象として味ははれたに過ぎぬ。（略）即ち汽車に附着《つ》いて来た新らしい野菜の匂が新

聞やサンドウヰツチの呼声に交つてプラツトホームの冷え冷えした空気に満ちわたつてゐる。殊に売子の急がしい哀れげな声は人をして自分の旅中にある寂しさをしみじみと自覚させる。新橋はそれと違ふ。（略）その当時、私の乗つて居た汽車が横浜近くに来る頃から私の神経は阿片《オピウム》に点火して激しい快楽を待つて居る時の不安と憧憬とを覚えはじめた。都会が有する魔睡剤は煤烟である、コルタアである、石油である、瓦斯である、生々しいペンキの臭気と濃厚なる脂肪の蒸しっ《ママ》ぐるしい溜息とである。神奈川辺から新しい材木とセメントの乾燥した粉が鎚や鶴嘴のしつきりなく音してゐる空に泌みこんで潮風に濡れて来る。夜だつたから猶更東京近しとの暗示が何となく神秘に聞えて、街から街へ殖えてゆく電気灯の色までが、一刻一刻に少年のみづみづしい心を腐蝕してゆく中毒症の斑点の様に美くしく見えた。（略）

品川高輪芝浜を通り越す時分には、私は黒い際立つた建築や車庫や獣類の臭気に腐れたまま倒れかかつてゐる貨物車の影と、その湿つた九時頃の暗碧な夜の空に薄紫の弧灯《アアクとう》がしんみりした光を放つてゐるのを見た。

このとおり、都会に向かう少年が、匂いによって都会を感じ取っていく順序が実に丁寧に書き込まれている。そしてとうとう新橋停車場の構内に降り立ち、「押し流されるやうにして」プラットホームを急ぎ足に歩く「私」を待っていたのは、次のような匂いであった。

而して私が歩行きながら第一に受けた印象は清潔な青白い迄消毒されてゐる便所から泌み渡つてくるアルボースの臭気であつた。即ち都会の入口の厳粛な匂である。その他、停車場特有の貨物の匂、燻らす葉巻、ふくらかな羽毛襟巻《ボア》、強烈な香水、それらの凡てが私の疲れきつた官能にフレッシユな刺戟を与へたことは無論である。

このとおり、少年にとって、都会はまず鼻から感じ取られたのである。なおこの記憶には、次のような後日譚が付いている。

その後、私は寥しくなると何時も新橋停車場に出かけては五年前に経験した都会の入口の臭気と感覚とを新たに嗅いでくる。而して身も霊《たましひ》も顫へながらなほ新しい官能の刺戟を求めたかの時のみづみづしい心をあちらこちらと拾ふてあるくのが何時となしに私の習慣となつた。

都会生活の第一歩を飾ったあの匂いを嗅ぐことで、「私」は、何かの度にリフレッシュする。新橋の匂いこそが「私」の原点なのである。

ところで、この駅の匂いもまた、混沌としたものであることからもわかるように、何時も同じものではあるまい。個別の匂いが嗅ぎ分けられているように見えるが、事実はそうではなかろう。それは、正しく、都会の匂い、としか言いようのないものなのであろう。これもまた、代表的な空気の匂いの一つなのである。

column 9 花と香炉

花はその視覚的な美しさが命であることが多いが、これを香炉に見立て、花をあくまで香りのための小道具に過ぎないものとしたエッセイがある。薄田泣菫の『独楽園』（創元社、昭和九年四月）に収められた「木犀の香」がそれである。これは、『太陽は草の香がする』（アルス、大正一五年九月）に収められた「木犀の香」という同名の短いエッセイに、前半部分の江西詩社の盟主黄山谷と晦堂老師の挿話を加えて再構成されたもののようである。

草木の花といふ花が、時にふれ、折につけ、私達の心像に残してゆく印象は、それぞれの形と色と光との交錯したものに外ならないが、ひとり木犀はその高い苦味のある匂によつてのみ、私達にその存在を黙語してゐる。木犀の花はちぢむさく、古めかしい、金紙銀紙の細かくきざんだのを枝に塗りつけたやうな、何の見所もない花で、言はばその高い香気をくゆらせるための、質素な香炉に過ぎないのだ。

秋がだんだん闌けゆくにつれて、紺碧の空は日ましにその深さを増し、大気はいよいよその明澄さを加へてくる。月の光は宵々ごとにその憂愁と冷徹さを深め、虫の音もだんだんとその音律が磨かれてくる。かうした風物の動きを強く深く樹心に感じた木犀が、その老いて若い生命と縹渺たる想とをみづからの高い匂にこめて、十月末の静かな日の午過ぎ、そのしろがね色の、またこがね色の小さな数々の香炉によつて燃焼し、薫蒸しようとするのだ。匂は木犀の枝葉にたゆたひ、匂は木犀の東にたゆたひ、匂は木犀の西にたゆたひ、匂は木犀の南にたゆたひ、匂はまた木犀の北にたゆたひ、はては靡き流れて、そこともなく漂ふうちに、あたりの大気は薫化せられ、土は浄化せられようといふものだ。

そして草の片葉も。土にまみれた石ころも。やがてまた私の心も……

このように、花を香炉に見立てる視線は、花の魅力を視覚から嗅覚へと移し換える見立てとも云える。木犀の花にとってはやや不本意かもしれないが、この花の匂いが単に「花樹の匂」ではなく、「秋の高逸閑寂な心そのものより発散する香気」であるということこの随筆の前半部と呼応させるならば、その香気を生む香炉としての花という譬えは、深い褒め言葉として受け取ることができるのである。

第10章

言葉と香り

道徳は厭な匂ひがした。モイラに向って迫ってくる道徳的雰囲気は、モイラの嫌ひないやな匂ひのする食物に似てゐた。

（森茉莉「甘い蜜の部屋」）

森茉莉「甘い蜜の部屋」――修辞学上の香り

坂口安吾の「青鬼の褌を洗う女」は、まるでエピグラムのような、以下の言葉で始まる。

匂いって何だろう?
私は近頃人の話をきいていても、言葉を鼻で嗅ぐようになった。ああ、そんな匂いかと思う。それだけなのだ。つまり頭できき とめて考えるということがなくなったのだから、匂いというのは、頭がカラッポだということなんだろう。

そして、これらの言葉をそこに無雑作に置き去ったまま、何らかの説明が加えられることもなく、物語は開始される。

ところで、ここに書かれた、「言葉を鼻で嗅ぐ」とは、どういうことを示す譬喩なのであろう。言葉の意味作用と対立させられる機能について述べられているようではあるが、意味の外に、匂いは何を指し示すのであろうか。換言すれば、極めて感覚的な事物の把捉としての「嗅ぐ」という行為と、その際に嗅がれた匂いとが、言葉とどのような関係を持つというのであろうか。意味作用が無化された後に残るものとは何か。

作者自身が「匂いって何だろう?」と問いかけているのであるから、これ以上、匂いの示す機能をここから見つけ出すのは、そもそも無理なのかもしれない。

少し迂遠な方法ながら、他の作者の、匂いが強く香る他の作品において、それらを見つける努力をしてみよう。

森茉莉の「甘い蜜の部屋」(『甘い蜜の部屋』新潮社、昭和五〇年八月)は、人物造型を香りと共に行う、極めて嗅覚的な作品である。そこには、実際の香りと、譬喩としての香りとの区別が実に曖昧である表現が多く含まれている。

物語は、モイラ(藻羅)という主人公と、父牟礼林作との関係を中心とする、モイラの官能の成長記である。単行本の帯には、「モイラの父親牟礼林作は一人娘を溺愛し、礼讃しながら、己れの理想の女に育てた。降り注がれる様々の熱い視線を浴びてモイラは愛情の肉食獣へと成長する。夫天上守安《マリウス》の陰湿な愛情、亡命露西亜の美青年ピータアとの姦通……。しかし何物もモイラを変えることは出来ない――(略)女の本質を香りゆたかに描いた長編ロマン」とある。この最後の「香りゆたかに描いた」という言葉は、譬喩でもあり、現実に、香りの表現が頻出することをも指している。三部からなる長篇で、「甘い蜜の部屋」とは、モイラが父と作り上げた、二人だけの官能的な触れ合いの場所の謂いであり、このことからもわかるように、モイラが最も愛しているのは、父林作である。その牟礼林作や亡くなった母繁世、また牟礼モイラの名は、読者に、容易にそのモデルを想起させるであろう。

特徴的であるのは、多くの登場人物の造型描写に、香りが関わっている点である。第一部「甘い蜜の部屋」は、モイラが六歳の頃から始まる。父林作は、モイラを膝に乗せ、常に甘やかしているが、モイラが干菓子を叔父さんの部屋から盗み出した時に、以下のように描写されている。

「モイラは上等。モイラは上等。泥棒もモイラがやれば上等だ」

そんな時、林作の胸にはウェストミンスタアの香ひがした。ウェストミンスタアの香ひの滲みこんでゐる、羅紗の背広の胸の中で、(略)モイラはこれらの言葉を、聴いた。

そしてこれ以後、林作は、何度もこのウェストミンスタアの薫香と共に描写される。

一方、亡き母については、林作が「ママ」という時、モイラは「その〈ママ〉といふ短い言葉の音の中に甘い、ミルクの入つたチョコレエトの香ひを、嗅いだ」と書かれている。ここでは、言葉によって喚起される思い出が、特定の匂いと共に感じ取られている。また、女中のやよについては、「健康な田舎女の香ひはどこか冷たい生の牛肉の香ひに、似てゐた。さうしてやよの香ひの中にはいつもソオスの匂ひや、食用酢の匂ひが、混つてゐるのだ」と書かれている。

さらに、モイラの世話をする家政婦の柴田は、「妙な、甘い、不快な匂ひのする、火のやうに熱い」胸をモイラに押し付けることがあった。モイラは彼女に反抗している。この柴田に関しては、ただの人物描写に止まらず、以下のような興味深い記述が見える。

家政婦の柴田がモイラの嫌ひなものを運んで来る時、内心に歓びを隠してゐるのを、モイラは知つてゐた。（略）モイラの嫌ひなものをそれと一緒に、運んで来た。それは道徳である。彼女の顔の表情から、彼女の言葉のニュアンスから、彼女の一切にはいやな道徳の匂ひがした。

ここに見られる「道徳の匂ひ」こそは、譬喩としての匂いの典型であろう。ここで、道徳は、匂いという言葉と共に、徹底的にモイラに嫌悪されている。

モイラの心を蔽つてゐる硝子が、特に手ひどく跳ねかへすものに、道徳の匂ひが、あつた。（略）
道徳の匂ひをさせてゐるものを、モイラはすべて嫌悪した。（略）浄らかな、〈聖なる人々〉が、道徳の匂ひに目鼻を弛め、またたびを嗅がせられた猫族のやうな恍惚を示すのとは反対に、モイラの胸は嫌厭で硬くなるのである。（略）動物的な本能で、モイラは道徳の匂ひをさせ、道徳的な面を被つてくるものに、反抗した。贋ものの匂ひのする道徳を、（略）モイラは嫌悪した。道徳の匂ひのする人間、さういふ人間の皮膚や爪、着てゐるもの、すべてに向つて、モイラの心の中にあるものが反撥した。（略）
道徳は厭な匂ひがした。モイラに向つて迫つてくる道徳的雰囲気は、モイラの嫌ひないやな匂ひのする食物に似てゐた。
モイラは肉桂が嫌ひである。カルルス煎餅の中にある、苦い芳香を持つた穀粒、山椒や柚子、又は山葵なぞの匂ひのする餅菓子、パン・デピィスの中のエピィスの芳香、それらのものを、モイラは嫌ひだつた。モイラに道徳を押しつける人間にはそれらのやうな匂ひが、あつた。

――道徳は厭な芳香を、持つてゐた。

そしてこの長い道徳論の後にも、さらに道徳の匂いをさせている人間への嫌悪が、延々続けられているのである。例えば鴨田という五十がらみの男についても、「モイラが父親の傍へ行く時に嗅ぐのとはちがつた、不快な煙草の匂ひ」がすると書かれている。まだ六歳であるのに、モイラは、この鴨田がモイラを眺める視線に不快を感じている。

父親の林作が、モイラを、そのウェストミンスタアの香ひのする膝に抱いて、背中を愛撫したり、オオ・ドゥ・コロオニュを入れた水で、汗を拭き取つてくれたり、又は下着の護謨で紅くなつた痕に、ワゼリンを塗つてくれたりする時には覚えなかつた、ひどく不快な感覚である。――――

よく考えてみると、この描写は、逆転している。鴨田に対する不快を表すのに、父を持ち出す必要はない。むしろここには、モイラの父への愛が、匂いの印象と共に逆説的に書かれている。モイラにとって、周囲の人間の価値は、香りによる基準によって測られるかのようである。
そしていよいよ、この香りの譬喩は、小学校に入ったモイラ自身にも用いられることになる。

柴田がタオル地の白い寝衣を脱がせると、蜜を塗つたやうな肌目の上に汗が滲んでゐるモイラの裸が現れる。柴田はオオ・ドゥ・コロオニュを入れた水に浸したタオルで、その、緻密な皮膚に蔽はれた頸から円みのある固い腕へ、それから胸と、全身を、何度も絞り代へて拭くのである。オオ・ドゥ・コロオニュを含んだ水に、豊饒と浸された、冷たいタオルが、その、肌目の中へ視る者の眼を吸ひこんでゆくやうな皮膚の上を擦ると、清新な、透き徹つた、鼻孔を刺すやうな香料の香ひが瞬間、温められ、それに混つて、モイラの皮膚から発つどこか鈍く重い香気が懶く、微かに、立ち昇つて、柴田の感覚に訴へる。それは春の肇りの、稚い草花の芽の香ひのやうであり、花のやうにも、思はれる。

そしてこの後、モイラの肌の香りの描写は何度も繰り返されることになる。この、モイラの肌に関する香りは、父林作によって命じられたものである。林作は、死んだ繁世が実家の母親から継承した昔式の洗い方で、モイラの髪を洗わせている。その他、林作は、実に細かい注文をつけている。

入浴をする時の石鹼は橄欖《オリイヴ》入りの外国製のものに限られ、その石鹼を切らさぬやうにしなくてはならず、（略）その石鹼と、橄欖《オリイヴ》油に、エリザベス・アーデンの、香ひのないクリイム、オオ・ドゥ・コロオニュ、それ以外の化粧品の類は一切使はせない。（略）「上等な石鹼で始終体を洗つてゐる、清潔な皮膚——林作は肌といふ言葉を嫌厭してゐた——の香ひが一番いい。香水の香ひなぞはない方がいい」（略）「モイラの皮膚は特別な皮膚だ。大切にしなくてはいけない。悪い香ひをつけてはならない」

これらが、モイラを育てる林作の方針である。

さて、九歳になったモイラは、アレキサンドゥル・デュボワというピアノ教師のもとに通って、練習することになる。モイラの無意識の媚態が、アレキサンドゥルを懊悩させる。

最初のモイラの魔性の発現とも言える場面にも、香りが用いられている。急な帰国が決まったアレキサンドゥルが、モイラのために切ってきた紫陽花に顔を押しつけ、香りを嗅いだモイラは、「香ひは少しだけしかしないわ」と独り言のように言う。それを聞いたアレキサンドゥルについて、次のように書かれている。


――

（まるで花だ!!）

「でも花ですから、よい香ひがしますでせう」


アレキサンドゥルを通じて、林作は、「勝利者の、柔かな、新しい、香草の寝床に転がる、甘い歓び」「自分とモイラとの、清らかな、甘い蜜を、秘めた、「甘い蜜の部屋」の鍵を握つてゐることの、勝利感」を感じている。またそれは、モイラの「かすかな罪の香ひ」を嗅ぎあてることでもあった。

第二部「甘い蜜の歓び」は、モイラが一五歳になった頃から始まる。モイラの体は、さらに薫り高くなっている。

産毛に籠つてゐるやうな稚さを、どこかに残しながら、日に、日に、熟して行く果実のやうなモイラの体からは、植物性の香料のやうな香ひが立つ。柴田は、（略）六月の中頃に咲く、紅みの濃い、百合の花を鋏で截つたことがあつたが、その時に感じとつた、懶いやうな香気が、モイラの体を拭いてゐる時なぞに、ふと、感ずる香気に、酷似してゐる。植物性のもので、清潔な香気なのだが、まつはるやうな粘着性は執拗で、モイラの皮膚の上に、微かではあるが燻きこめたやうに、迷つてゐる。無邪気なのか、故意とか、紅い百合の香ひのたつ、子供のやうな皮膚をした脚を、柴田の眼の前に突きつける。

この香気についても、実は、必ずしも実際の香りとばかり受け止められないような譬喩性が込められているようである。「柴田もモイラが、明瞭した故意で、見せつけてゐるのではないことは知つてゐるが、半ば無心で遣つてゐることが、柴田にとつては、故意でするよりも香気が強く、恐しい刺戟である」と書かれているとおり、香気の強さは、現実的な嗅覚を超えて、柴田に強く働きかけている。

さらに、次のような描写も見られる。

香料を一切使はない、洗つたばかりの髪から、寄りかかつてゐるモイラの体全体から、ふと、微妙な温度で温められたやうな、植物性の香気が立つた。酒精洋燈で熱した、花の香ひに、似てゐる。

要するに、モイラの発する花のような香りは、モイラの官能性や媚態の譬喩であり、この香りを嗅ぐ周りの男たちにとっては、惹きつける魔の香りでもある。

第一に林作は、次のように考えている。

モイラといふものが、もう一歩で成熟するといふところに来たこの頃の林作は、モイラといふ紅い百合の中心にひそむ花の蜜が、どんなにきれいで、豊饒であるかを推察してゐた。（略）

林作は、五十歳を越えた現在になつて、花をつけた樹々の中の、辺りの空気も薫香を含んでゐる小径に、足を踏み入れたのを、感じてゐる。

（だが、これは俺にとつて現実の花ではない。桃李は、幻の桃李だ。冠を正す必要はない……）

林作は心に呟くのだ。古武士のやうな、端正な、眼を閉ぢた林作の顔の上に、仄かな微笑ひが、花の香ひのやうに、漂つた。

このとおり、林作の微笑みにまでも、香りの譬喩が用いられているのである。また、次のようにも書かれている。

モイラは、自分でも知つてゐる、綺麗で、花のやうな香ひのする自分の体が、今見た青年の、烈しさを潜めた表情に、関聯のあることを、何処かでする、予感としてしか、意識してゐない。それが却つて強い香気のやうに、花の蜜のやうに、モイラの中から発してゐて、それが何かを感じ取つた林作を、可哀くてならないやうに、させたからだ。その香気が、殆ど林作の中の男を誘惑するばかりで、あつたからだ。

(俺までが半獣神になつては困る)

そして、モイラは、ピータア・オルロフという青年によって、初めてその甘い蜜を吸われ、第三部「再び甘い蜜の部屋へ」において、父によって、天上守安と結婚することになる。

十六歳になったモイラの体の香りは、さらに次の次元に移っている。柴田は、次のように見ている。

彼女はモイラの皮膚の、湿り気のある花弁のやうな艶を見、皮膚の下から滲み出てくるらしい、気が遠くなるやうな香気を香いだ。その香気は香いでゐると精神がふと空洞になる。精神も体もどこかに無くなつたやうな、懶いやうなものが襲つてくる。その香気を出すものはなにか透明な、いい香ひのする垢とでもいふやうなものである。モイラの胸は、モイラの体が発育してくるに従つて、厚い花弁のやうな皮膚と、燻り出る香気との集積した、厚みのある小さな丘になつた。小さな丘の辺りの皮膚は特に密度のある香気を出して湿つてゐて、二つの丘の下には常に、香気の強い、濃いクリイムのやうなものが塗られてゐる。（略）モイラの胸は、湯から上がつた直後にはことに強い香気を出した。

このとおり、懶さが、その香りに混じり込んだのである。

天上は、モイラに、木の筺の形のベッドを誂えた。モイラはこれを気に入る。

モイラが知らず知らずの間に醸し出すものを温めて、強い香ひをたてさせる温床、厚い木の囲ひの中の温かな、悪い場所に、なった。モイラの皮膚の内側から燻り出して、そこらの空気を押しひろげるやうにして、辺りに立て罩める香ひのやうに、モイラの体からか、精神からか、どこからか出てくるモイラの想念は、この木の筐の中ではいよいよ濃く、滑らかになる。指環に見入る時も、何かの想念に捉へられてゐる間も、モイラは木の筐の中に、怠惰な蛇のやうにのたくつてゐた。短い袖口の辺りから、胸の辺りからも、香ひ立つてくる、寝台の中で蒸され、温められた、懶い香ひがモイラ自身を誘惑する。それは意識の糸が弛んで行く香ひである。モイラの香気、モイラの想念、どこから来るのかわからないものが、温かな木の床の中で発生するのだ。木の筐の中で、自分の体から燻り立つ香気と、妄念との中で、凝と眼を開いてゐるモイラの時間が、出現したのである。

ここで、モイラの香気は、ついに、その想念や内面と結びつく。このモイラ自身の想念が溶け込んだ香りが、周りの人間を、懶く、怠惰に、また、道徳とは対蹠的な、官能的な世界へと引きずり込むわけである。

この小説における譬喩の体系は、香りというものに、終始一貫していた。一貫するということは、それが、小説の一貫性のために用いられた香りということである。その意味で、モイラから発していた香りは、徹底的に、修辞学上のものとも言えよう。

永井荷風「濹東綺譚」——煙草の薫りと譬喩

ところで、「甘い蜜の部屋」の林作は、先にも見たとおり、常にウェストミンスタアの薫香と共に描かれていた。一方、この小説には、もう一つ、煙草の香りが書かれている。天上の家の園丁介田伊作のそれである。モイラは天上の家に入った時から、この伊作とぶつかっている。この伊作が吸うのが、「ゴオルデン・バット」なのである。ここには、林作と伊作とが、煙草の銘柄、ひいてはその香りによって、描き分けられていることが窺える。

これで類推されるのが、永井荷風の「濹東綺譚」(『東京朝日新聞』『大阪朝日新聞』各夕刊昭和一二年四月一六日~六月一五日)である。「一」において、警官から尋問を受けた主人公の大江匡は、たまたま持っていた「戸籍謄本と印鑑証明書」のために、ようやく解放される。その時、「御苦労さまでしたな。」と言って、「わたくしは巻煙草も金口のウヱストミンスターにマッチの火をつけ、薫だけでもかいで置けと云はぬばかり、烟を交番の中へ吹き散して足の向くまゝ言問橋の方へ歩いて行つた」のである。ここには、大江の、警官に対する侮蔑と反抗の態度が顕著である。

ところで、この大江は、「八」において、次のようにも語っている。

今まで書くことを忘れてゐたが、わたくしは毎夜この盛場へ出掛けるやうに、心持にも身体にも共々に習慣がつくやうになつてから、この辺の夜店を見歩いてゐる人達の風俗に倣つて、出かけには服装を変ることにしてゐたのである。（略）靴は穿かず、古下駄も踵の方が台まで摺りへつてゐるのを捜して穿く事、煙草は必バットに限る事、ヱトセトラ〳〵である。

ここに書かれるとおり、身を窶すときにふさわしい煙草は、ゴールデンバットであった。煙草の種類の違いは、例えば金口であることを見たり、箱を見たりすればわかるが、最も単純には、その薫りの違いでわかるであろう。

国枝史郎「赤げっと　支那あちこち」（『満州日報』夕刊昭和六年五月一八日〜六月五日、なお引用は『国枝史郎歴史小説傑作選』作品社、平成一八年三月に拠った）の「上海で（七）」には、「上海は物価が非常に安く、わけても煙草が安く、日本で七十五銭するウエストミンスターが上海では十七銭だという」と書かれている。一方、ゴールデンバットは、「値段の明治大正昭和風俗史」（『週刊朝日』昭和五四年一〇月五日〜昭和五八年一二月二三・三〇日、引用は朝日文庫『値段の明治大正昭和風俗史』朝日新聞社、昭和六二年三月）によると、昭和一一年で八銭とある。

種田山頭火「行乞記」（『山頭火全集』第三巻、春陽堂書店、昭和六一年五月）にも以下のようにある。昭和七年の記事である。

三月三十一日

晴、行程八里、平戸町、木村屋（三十・中）（略）

双之介さん、つと立つて何か持つてきた、ウエストミンスターだ、一本いたゞいてブルの煙をくゆらす、乞食坊主と土耳其煙草とは調和しませんね。

「ブル」とはもちろんブルジョワの略である。このとおり、とにかく高級のイメージはよく知られていたようである。

下田将美に『煙草礼讃』（郊外社、大正一四年一月）という著がある。概ね西洋の煙草文献を参考に、日本以外の喫煙の歴史を書いたものであるが、その「はじめの言葉」は、特に煙草に対するオマージュの香りが高い。

人の世は忙はしさに満ちて居る。（略）

けれども私達は此世に生きてゐることを、たゞ弱肉強食の競争裡に立つて相搏ち、相せめぎ合ふだけのことゝ考へるのは余りに寂しすぎる。そこで此せち辛い、うるほひも情味もない世から少しでもはなれた世界に住みたいと念ずる時に、趣味と嗜好の世界が生れて来る。詩が生れ、歌が生れ、文学が生れる。あるひは劇が生れ、もろ〳〵の興行物が生れる。そして酒と女とも生れる。（略）

煙草よ。お前は決して八面冷朧のどこから見ても傷のない神聖なマリアのやうな女ではない。お前は寧ろ余りに人間らしい沢山の美くしい欠点を具へた女だ。（略）煙草よ。お前は誰れが水をさしても捨てやうとして捨てられぬ美くしさを持つた女だ。……（略）

もし又、たまさかの休みの日に、軽いのんびりした服装をして郊外の野に目と心とを休ませる時、森に林に、小鳥の声をきゝながら、かほりの好いコルク巻きをくわへて、露のおく草をふみしだいて歩るく時、日常の労苦は残りなく拭ひ去られるやうな気持さへするではないか。

これによると、煙草は、それが嗜好品であるために、文学とも近いというわけである。さらにそこには、煙草が、その成分によって、人を魅了することに加え、やはりその香りが重要な働きをすることが書かれている。

この書には、他にも、「ケープホーンからハドソン湾あたりに住んでゐたアメリカの土《マ》人《マ》」たちの原始の宗教心として、「神の最も好み給ふものとして最上の供物としてものは、香料を焚くことであつた。其香料の中で土人《ママ》等の最も良しとしたものが今日の煙草の草だつたのである」とも書かれている。

この、日常生活と対峙する文学や煙草の意義の共通性が、香りの譬喩の背景に存在していることは、極めて示唆的である。香りがわかる人間には、よけいに文学がわかるということが起こり得るからである。両者は、日常世界を意味の集積としてのみ理解するのではなく、

「弱肉強食の競争裡」から脱して、嗅覚という感覚器によって、別の受け止め方をすることにより、ある豊かさを得るはずなのである。

幸田露伴「香談」――香りを指す言葉の貧困

幸田露伴に、香りを示す言語に関わる考証随筆として、「香談」(『中央公論』昭和一八年一月)という文章がある。「か」「「か」と「気」と」「「かぐ」」「かく。かぐ」「かをり」「こり。かう」「かざ」「き」「くさし」の節を以て、それぞれの語の語義を古典文学等に尋ねるものであるが、その前文には、以下のように書かれている。

たゞ鼻のこれを受けて、其性を知り、其能を悟り、其の弁別取舎を為すに至るを得るもの、これを言辞ににほひと云ひ、かと云ひ、文字に香といひ、臭といふ。世界は広大なりといへども、人の眼・耳・鼻・舌・身・意に対する色・声・香・味・触・法の六に尽く。にほひは色声等の五と共に、全世界を分ちて其六の一を占む。にほひの領域の広大なること知る可し。されど人の始まりてより、人のにほひに心を用ゐ意を致すこと未だ博く深からず、微眇幽玄の境は、（略）いたづらに空しく打捨置かれたり。上古以来、（略）載籍の多き、たゞに河沙天星のみならず。しかもにほひにかゝるの専書、いくばくか世に存せるぞや。人のにほひを待つこと、嗚呼また薄いかな。（略）前人の教ふるところ本より少く、私懐の蔵するところ亦疎なり。

このとおり、匂いや香りに関する書籍や研究が少ないことが嘆かれている。

その上で、語義についての考察が続けられるが、大まかには、「にほひ」以外の多くの語源が、「か」に帰せられることが指摘される。この語彙の限定もまた、香に関する考察の乏しいことと深く関係しているものと考えられる。

例えば、「か」の節には、「「かぐはし」の「か」の「香」の義なることは明らかにて、花たちばなは香よろしきものなればなり」とあり、また、「「かぐ」」の節には、「「かぐ」「か」の香なることは疑ふべからず」とある。一方、「かく。かぐ」の節に於いては、『古事記』の「ときじくのかくのこのみ」の「かく」およびその変形としての「かぐ」については、「「かぐはし」より出たるにもあらず、「か・ぐ」より出たるにもあらず、「香木」にもあらず、「かく」「かぐ」といふ語、別にありて、其義は香の「か」と同じ、或は「か」の少変重言なり、と為さんかた穏やかなるべし」と、短絡させず丁寧な考察が展開される。

「「か」と「気」と」の節においては、「気」の「「き」「け」の音は「か」に近くして、而して気の義も亦香の義に通ずるところあるより、邦語の「か」を漢字の「気」と同じやうに思ひなすものもあり、又或は「か」を直ちに「気」ならんと思ふもあり。されど是は音義の彼此偶合といふべきものにして、もとより「か」は「か」なり、邦声邦語也、気は気なり、漢声漢語也」と、その別を明確にしている。

「かをり」は「香居るの意なるべし」とされる。その上で、「かをるをかほると為」したことについては、「過誤」であり、「拘はるに足らず」とも書いている。

「くさし」の節には、「今も用ゐる「くゆる」「くゆらす」等の語の「く」は皆香の義の「か」より出づ。「くべる」の「く」も同じく（略）「くすぶる」の「く」も然り、（略）樟木を「くすのき」といふも、香の強きよりの名ならん」と書いている。

一方、「瘡」のことを「かさ」あるいは「くさ」と言うことについても、「其の臭よりの名ならむ」とする。「朽つの「く」も亦其物の或は湿潤或は乾枯して、始と異なるの臭を発するに至るを云へるなり。「くた・る」「くた・し」は爛潰をいふ古き語なり、「くさ・る」は腐敗をいふ今もの語なり。いづれも臭の義の「く」より生じたるを否とは云難し」と書かれる。

　このように、香りについての語の考証であるが、そこに、腐敗または発酵、悪臭、また大気の匂い（これは「か」とは別の語ではあるが）、またあらゆるものの匂いを嗅ぐ行為について、本書で扱ってきた論点の多くが含まれることは、当然と云えば当然のことながら、やはり同じ「か」という言葉の意味の広がりとして見るならば、興味深い。これは、却って、それだけ指示される概念に対して、指示する言葉が相対的に少ないことを意味している。

　第一義的に香りを示す語が限定されているがために、個々の香りは、多くの場合、譬喩によって、表現されるようになる。考えてみれば、「臭い」という匂いは、それだけでは臭いの実際は伝わらないのである。好い香り、も同様である。

　香りを描く文章についての探究は、正しく記号学の領域にも属しているのである。

column 10

匂いのアフォリズム

先にも見たが、北原白秋「香ひの狩猟者」に収められたアフォリズムは、それぞれ興味深いものばかりである。いくつかまとめて挙げておきたい。

風が香ひをつたへるのでない。香ひが風をすずろかせるのだ。（「3」）

香ひに神を聞く人こそ上無き感性の人であらう。詩も風味すべきは香ひにある。（「11」）

白薔薇はその葉を噛んでも白薔薇の香ひがする。その香ひは枝にも根にも創られてゐる。花とはじめて香ひが開くのではない。白薔薇の香ひそのものがその花を咲かすのである。（「15」）

香ひのピアノは、一つ一つキイを叩くごとに、一つ一つ記憶が奏鳴する。（「24」）

一つの香ひといふものは有り得ない。一つの花の香ひと云つても、それは幾つかの香ひが調合されて、えならぬ一つの香ひぶくろを膨らませてゐるのだ。（「25」）

香ひが歩いて来る、ただ香ひのみが歩いて来る。（「31」）

何が香ひなのか。香ひ自身は知つてゐないのだ。（「32」）

このとおり、繫ぎ合わせるだけで、詩か論文になりそうなものばかりである。

芥川龍之介のよく知られた箴言集である「侏儒の言葉」（『文藝春秋』大正一二年一月～大正一四年一一月）の「鼻」は、箴言というより、クレオパトラの鼻を扱った小文であるが、鼻に関わりやや駄洒落めいている。

クレオパトラの鼻が曲つてゐたとすれば、世界の歴史はその為に一変してゐたかも知れないとは名高いパスカルの警句である。しかし恋人と云ふものは滅多に実相を見るものではない。いや、我我の自己欺瞞は一たび恋愛に陥つたが最後、最も完全に行はれるのである。（略）

香の煙の立ち昇る中に、冠の珠玉でも光らせながら、蓮の花か何か弄んでゐれば、多少の鼻の曲りなどは何人の眼にも触れなかつたであらう。

香の匂いさえあれば、たとえ鼻が低かろうが、世界の歴史は変わらないのかもしれない。

おわりに

山縣熙は、「「匂いの美学」再論」（『文学』平成一六年九月）において、次のように述べた。

「匂い」について考える学問は、体系化の対蹠にある。体系的な学問としては困難かもしれない。しかしこの原初的で身体的な感覚は「学問」の根拠を問うことを可能にする。そしてそれこそが冒頭に挙げたデュフレンヌの「美学の目標」に応えることではなかろうか。そしてそうした美学の努力目標は「根源的なものを把捉すること、すなわち美的経験の意味そのもの、美的経験を根拠づけると共に美的経験が根拠づけるものを把捉することである」と続けてデュフレンヌは述べている。原初的でしかありえない「嗅覚」

の意味はその点にこそある。そのとき「匂いの美学」の可能性を問う困難は、「匂いの美学」がもつ様々な可能性を語る楽しみへと変様する。

ここにいう「冒頭に挙げたデュフレンヌの「美学の目標」」とは、山縣によると、「原初的な経験への考察を通して、思索をそしておそらくは意識を原初へと連れ戻すこと」である(Mikel Dufrenne, *Esthétique et philosophie*, Tome, 1967.)。山縣は、匂いの体験が固定しにくいものであるために、その美学は困難を極めるが、それだからこそ、そこに、美学の楽しみも存することを指摘している。

そしてこの論にも明確に示されているように、このような原初的な身体感覚と美学との関係に対置されるのは、体制化された視覚という優位なる感覚である。山縣は、「体制となることで視覚は、感覚がもっていた猥雑で煩雑でもある特性を手放し、代りに「客観性」を手に入れた」とも述べている。

このように、視覚の優位は、一般社会のみならず、美学の世界にも大きく影響する。我々は、かなり意識的に取り組まない限り、美的な体験においても、視覚優位の大波にさらわれてしまうことになる。あらゆる香水の瓶のなんと個性的であることか。第2章にも扱った、赤江瀑の「オイディプスの刃」には、以下のように書かれている。

> オートクチュールが出す高級香水の特徴の一つは、その容器となる壜のデザインの豪華さである。各店は競って、このデザインに趣向を凝らした。中身の香水よりもまず、壜の味わいと芸術的なデザインの香気が、その作品の人気を決定づけるとさえ言われた。

そしてこの作品においては、「マルセル」の「刀」という香水の壜が、変形六角形に見える、正しく刀の刀身の、庵棟と呼ばれる断面形を表現するものであった。

これも第2章に掲げた『香水の本』には、香水のボトル・デザイナーであるピエール・デナンの「装う冒険心」というエッセイも収められている。

> 手の中に納めればすっぽり隠れてしまう香水瓶。おそらく日本ではこんな小さなボトル専門のデザイナーなど考えられないだろう。ところがフランスのあるアンケートによれば、香水の売れ行きの80％まではボトルデザインで決まる、という。（略）
>
> この26年間で私が手がけたボトルは、マダム・ロシャスに始まってカランドル、オー

ソバージュ、オピウム、そして、最新作オブセッションまで約200点。一品一品、香りはもちろん、メーカーの意図、デザイントレンドを考えてコンセプトを作っていく。

しかし、この瓶による表現に頼る姿勢は、香り自体の印象の曖昧さや、必ずしも共通しない香りの性格などを、逆に露呈してしまうであろう。香りとは、とにかく定着しにくく、その印象が一般化されにくいものなのである。

したがって、匂いは、科学的研究において分析するものというよりも、曖昧なままで、類比的に取り込むことのできる、文学などの想像にたよる芸術によって、いったん形象化されるべきものと考えることができる。想像には個々人の幅があるので、匂いの印象の差異の幅を、小説における読解の幅に平行移動することにより、固定化することが可能になる。これが、匂いという、定着困難な感覚が、小説において重要な表現対象となりうる仕組なのである。そしてそれは、言い換えれば、小説なる文字芸術が持つ、存在意義の一つでもあろう。

クオリアという、少しややこしい言葉がある。茂木健一郎は、『脳とクオリア』(日経サイエンス社、平成九年四月)の中で、「内観的定義」として、「クオリアは、私たちの感覚のもつ、シンボルでは表すことのできない、ある原始的な質感である」と述べている。何かを見たり聞いたり触ったりした際に感じる、対象のある「質感」を指すのだが、脳科学の世界では、神経細胞を通じて、何かが伝達されることまでは科学的に説明できても、それを、「ふわふわ」とか「ざらざら」という、或る「質感」として理解し、次に同じようなものと出会った時にも、同じような質感を感じるということの仕組が、彼らにとっては、どうやらかなりの難問らしいのである。

そもそも私などは、触覚などによって得られた情報が、脳でどのように処理されて、「ふわふわ」とか「ざらざら」とかいうような感覚として認識されるのか、というような疑問の設定さえしない。しかしながら、この茂木の疑問に出会ったとき、私には、これが実に興味深いことを示唆しているように思えた。クオリアの疑問、すなわち我々が日常世界においてごく自然に行っていることの脳内手続きが不明である、という事実は、我々に、ある興味深い論点を提供してくれるのではないか。そもそも、その「ふわふわ」や「ざらざら」という言葉がどこからやってきたのかが不明だという点には、言葉や文学の問題と繋がる通路が見出せるのではないか。茂木は「クオリアは、その原始的な属性を言葉では表せないという点にこそ最大の特徴がある」とも言っているが、言葉で感覚を言い表すというのは、どの程度まで譬喩的な営為で、どの程度まで、科学的用語となり得るのか。こういう風に考えて来た時、これは、正しく我々文学に興味を持つ者の問題でもあると、思えてきたのである。

ところで、茂木は先に掲げた書の中で、次のような例を挙げている。

次の一節を読んだ時、あなたは、ソーセージを噛み、飲み込む時にあなたが感じる感覚のもつ性質を、ありありと思い出すことができるだろう。

……一切れのソーセージを口の中へほうりこむ！　歯でかみしめる！　歯で！　ああ、肉のかおり！　ほんものの、肉の汁！　それが今、腹の中へ、入っていく。

――ソルジェニーツィン『イワン・デニーソヴィッチの一日』（木村浩・訳／新潮文庫）

今世紀ロシア文学の最高傑作の一つといわれるこの短編は、右のような生命の感覚にあふれる描写でいっぱいだ。

右のような文章は、もし、私たちの感覚に、「クオリア」と私たちの名づけたあの生々しい、鮮烈な性質がなかったとしたら、私たちに対して、それほど強いイメージ喚起力を持たないだろう。ソーセージを味わうということは、ソーセージを噛み、飲み込む時に私たちが感覚するクオリアを味わうということに他ならない。私たちがそのような質感をよく知っているからこそ、ソーセージを食べるという文学作品における記述も成立するのだ。

ここで茂木は、言葉の世界における、表現の効果について、「クオリア」をよく知っているからこそ、「文学作品における記述も成立する」と、いとも簡単に乗り越えてしまっているが、よくよく考えてみると、このこともまたかなりの難問であろう。我々が仮に「クオリア」なるものをよく知っているとして、現実世界でソーセージを食べるのではなく、文学作品の中に描かれているソーセージという言葉において、現実世界同様の「クオリア」を感じることがなぜできるのかについては、考えてみれば、それほど簡単な仕組で行われているとも思えない。

「クオリア」は、視覚や聴覚、味覚、触覚、そして嗅覚の五感すべてに関わるものであるとのことである。できるならば、これら五感のすべてについて、同じ検討が必要であろうが、本書では、特に嗅覚について、この問題を考えてみた。

嗅覚は、五感のうちでも、最も記憶と結びつきやすいと云われる感覚である。記憶は、再現されることによってようやく認識されるものなので、その再現性という性質において、文学的再現と近接するものと考えられる。先に茂木が扱った例で云えば、「肉のかおり！」という言葉などを見ればわかるように、どうやら彼は、今、目の前にあるソーセージの香りを、かつての記憶の中の香りと共に味わっている。そしてその際、想像の中のソーセージの香りは、正しく「肉のかおり！」なる言葉をきっかけに、再認識されるのである。この「肉のかおり！」という表現に、例えば「いい香り！」などという表現に比べて、より強い喚起力を感じるのは、私だけであろうか。

あとがき

東京で就職することになり、四年前に家を出た息子の部屋にたまに入ると、未だに何か特有の匂いがする。決していい匂いではないが、息子がいた時を思い起こす匂いであることには間違いがない。

この春からは、娘も一人暮らしを始め、部屋を空けた。この部屋にも、娘の存在感が、匂いと共に残っている。「蒲団」の主人公では無いので、あえて布団に鼻を近づけるようなことはしないが、何となく微かに漂う娘の匂いは、懐かしさを醸し出す。

我々の寝室にも、おそらく独特の匂いがついているのであろうが、毎日そこで寝ているために、ふだんはそれをあまり感じることはない。しかし、少し長めの旅行から帰ると、何か安心感を伴うような、微かな匂いが私を迎えてくれる。

匂いとは、このように、あると匂い、ないと匂わない、というようなものではなく、記憶や、その時の気持ち、状況、それに関わる想像力、そして慣れからの解放などと一緒になって、初めて感じ取られるものなのであろう。これについては、かつてよりうすうす気づいていたが、その仕組を、いつからか本格的に考えてみたくなった。

幼い頃、家の前の道の向こう側を流れる飛鳥川の土手には、時たまではあるが、螢が飛んでいた。時々家の座敷に迷い込んだのを、寝室の蚊帳の中に閉じ込め、翌朝死んでいるのを手にとると、妙に日向臭い臭いがした。あの匂い、あの臭いが忘れられない。

もちろん、最近でも螢を採ることはある。確かに青臭い臭いもする。ただ、記憶の中の匂いと、どうも違うような気がしてならないのである。これはもちろん、螢のせいではあるまい。あの頃の螢の臭いが、当時の何かと結びついて、私の記憶に定着しているのである。臭いには、このような、臭いそのものとは別の喚起力があるのではないか。

ついでに云えば、当時の我が家は、一時期、葡萄の農閑期に苺をも作っていたことがある。その季節の終わり頃、学校から帰ると、玄関を入る前から、甘い匂いが漂ってくる。母が出荷に向かない形のよくない苺を集めてジャムを煮ているのである。あの匂いは、既に瓶詰めされた冷たいジャムなどでは決してわからない甘さを漂わせている。その頃の私は、実に無邪気に、ジャムは温かいうちに食べるものだと思っていた。

また、冬は、台所にやや大きめの丸い火鉢があって、上に常に網が置いてあり、そこで餅を焼いて砂糖醤油で食べるのが朝食の定番だった。私は今でもそうだが、餅はあまり好きではないが、あの練炭の匂いと焦げた醤油の匂いは、忘れられない。今では餅は、電子レンジで温めて食べるものになり下がってしまっている。

風呂も、楽しかった。幼い頃は鉄とタイルで出来た釜の風呂で、私が薪を割って焚いていたこともある。あの時の風呂釜の匂いや薪の燃える香りも、今はもちろん嗅ぐことができない。今は、風呂を焚くというのは、無機質な女性の声で、「お風呂が沸きました」と知らせてくれることを指し、匂いどころか、風呂を焚くという作業自体を無化しつつある。何とも寂しい限りである。

私は、ロシア・フォルマリストの「異化」と「自動化」の考え方と、記号学、テクスト論の影響を強く受けて、学生時代を過ごした世代である。本書を読む方には、そのことは明らかに伝わることと思われる。最近は、読書において、五感の再現の問題を多く扱ってきた。そもそも単著の最初のものは、永井荷風の作品に見られる音楽要素、特に音曲の要素について考察したもので、『永井荷風・音楽の流れる空間』という題であった。その後、味覚要素について『食通小説の記号学』を出版し、また、触覚要素について、『触感の文学史』を書いた。視覚を別格とすれば、五感のうちでは、後は嗅覚要素だけである。そして、この嗅覚要素が、五感の研究の中では最も書きたいものでもあった。

最近、ソニー株式会社と、楽しい仕事をさせていただいた。

ソニーが出している、アロマスティックの特別企画として、太宰治の「人間失格」から抽出した五つの場面について、匂いのカートリッジを製造し、読書途中にその香りを嗅ぐ、という製品の解説本を監修し、そこに解説文を寄せたのである。

ここには、読書行為と匂いが、同時に体験できるという仕掛けがある。この発想は面白い。しかしながら、本来は、ソニーの製品を借りずとも、想像力というものにより、読書と香りの同時体験は可能なはずである。だが、現在の我々の読書現場では、そのような体験が失われつつある。これは、記号化の進化のために仕方のないことではあるが、もう少し読者である我々がその歓びや楽しみに意識的になれば、まだまだ失われずに済む習慣かもしれない。

そこで、とりもなおさず、多くの文学作品の中に仕掛けられた、匂いの効果に関する作者の意図を明らかにすべく、多くの作品から、魅力的な匂いの場面を抽出し、その魅力を積極的に受容する論考を重ねてみた。これらを集めてみると、文学作品の新しい切り口が見えるのではないか。そしてそれらをわかりやすく配列した本にすれば、多くの人々にも再現の魅力を伝えることができるのではないか。
この私の希望を入れてくださったのが、春陽堂書店の堀郁夫さんである。堀さんとは、単著三冊目のおつきあいとなった。いつもながら本当にお世話になりました。ありがとうございました。

もっともっと、匂いに敏感になり、世の中のありとあらゆる香りを嗅ぎたい。ふだんは気づかないでいる花の香りや草の臭い、空気の匂いや水の匂い、もっと味わうべき料理や飲み物の匂いなどを、能動的に受け取りたい。
この私の願望と同じ願いを持つ方々が、たくさん居られることを期待している。

二〇一九年八月

※本書は、二〇一六年に神戸大学に提出し九月に博士（文学）の学位を得た博士論文『日本近代文学における五感表現の総合的研究』の第Ⅱ部本文に加筆し改稿再編集したものである。

ハ行

マ行

ヤ―ワ行

サ行

タ行

ナ行

人名・作品名索引

春陽堂ライブラリー１

匂いと香りの文学誌

二〇一九年一〇月一〇日　初版第一刷　発行

著者　真銅正宏

発行者　伊藤良則

発行所　株式会社 春陽堂書店

〒一〇四―〇〇六一　東京都中央区銀座三‐一〇‐九

電話　〇三‐六二六四‐〇八五五

装釘　宗利淳一［協力・齋藤久美子］

印刷・製本　株式会社 シナノパブリッシング

乱丁本・落丁本はお取替えいたします。

ＩＳＢＮ９７８‐４‐３９４‐１９５００‐９　Ｃ００９５

真銅正宏　（しんどう・まさひろ）

1962年、大阪府生まれ。神戸大学大学院単位所得退学。徳島大学総合科学部助教授、同志社大学文学部教授を経て、現在、追手門学院大学国際教養学部教授。専攻は日本近現代文学。2016年、博士（文学）（神戸大学）。
主な著書に、『永井荷風・音楽の流れる空間』（世界思想社、1997年）、『ベストセラーのゆくえ』（翰林書房、2000年）、『小説の方法』（萌書房、2007年）、『食通小説の記号学』（双文社出版、2007年）、『永井荷風・ジャンルの彩り』（世界思想社、2010年）、『近代旅行記の中のイタリア』（学術出版会、2011年）、『偶然の日本文学』（勉誠出版、2014年）、『触感の文学史』（勉誠出版、2016年）（以上単著）、『言語都市・上海』（藤原書店、1999年）、『言語都市・パリ』（藤原書店、2002年）、『小林天眠と関西文壇の形成』（和泉書院、2003年）、『パリ・日本人の心象地図』（藤原書店、2004年）、『言語都市・ベルリン』（藤原書店、2006年）、『言語都市・ロンドン』（藤原書店、2009年）（以上共編著）などがある。